W ŚW A

D1422332

46 449 382 2

NATASZA ORSA

W ŚWIECIE JONASZA

Sumptibus
Poznań 2014

Sumptibus

NATASZA ORSA
W ŚWIECIE JONASZA

Wydawnictwo Sumptibus Poznań 2014
Redakcja: Joanna Służyńska
Korekta: Natalia Szczepkowska, Robert Wieczorek
Skład: Mateusz Służyński
Copyright © Natasza Orsa 2014
Okładka Copyright © Mateo RW2010, 2014
Copyright © for the Polish edition by RW2010, 2014
wydanie I

ISBN 978-83-64756-01-6

Dział handlowy: marketing@sumptibus.pl
Zapraszamy na naszą stronę: www.sumptibus.pl

Prolog

Przerażenie sięgnęło zenitu.

– Zwolnij, do cholery, bo nas pozabijasz! – krzyknęłam. W odpowiedzi tylko dodał gazu. Był wściekły. Wpatrywał się w drogę przed sobą, zaciskając ręce na kierownicy. Usta miał ściągnięte w wąską kreskę, jego żuchwa drżała.

– Obiecałeś odwieźć mnie do domu. Dokąd jedziemy?! – zawołałam zrozpaczona.

Spojrzał na mnie oczami pełnymi gniewu i nic nie odpowiedział. Wkrótce zwolnił, skręcił w boczną drogę, by po paru kilometrach zjechać na przydrożny, słabo oświetlony parking. Wciąż byłam przerażona, ale widok kilku stojących samochodów dodał mi otuchy. Jonasz zatrzymał się gwałtownie.

– A więc mnie nie kochasz? – zapytał poważnym tonem. Mimo wzburzenia starał się panować nad głosem. – Nie zamierzasz się angażować, tak? Jestem dla ciebie wyłącznie narzędziem seksualnym? I nie jesteś o mnie w ogóle zazdrosna? – cedził słowa.

– Jonasz, porozmawiajmy o tym jutro, na spokojnie. Proszę...

Jedyne, czego pragnęłam, to znaleźć się w domu. Rozpacz odebrała mi siły.

– Wszystko mi już wyjaśniłaś. Skoro ty masz prawo do zabawy, to ja też. Choć od kiedy cię poznałem, nie byłem na meetingu. Może jednak pora wrócić do dawnych przyzwyczajeń.

Domyśliłam się, o czym mówi, ale nie mogłam uwierzyć, że jest w stanie to zrobić. Wpatrywałam się w niego oszołomiona. Wziął głęboki oddech i ponownie ruszył w głąb parkingu.

– Chcesz się zabawić?

Serce zaczęło mi bić jak oszalałe, bo dopiero w tej chwili dostrzegłam przez okno kilka osób uprawiających seks. Jakiś młody mężczyzna pieprzył – inaczej się tego nazwać nie da – dziewczynę leżącą na masce samochodu. Gdy skończył, odsunął się i ustąpił miejsca następnemu w kolejce. Nieopodal zabawiała się druga para. Inni stali z boku i patrzyli. Wreszcie zrozumiałam, dlaczego wcześniej tak nerwowo przeglądał wiadomości w smartfonie. W ten sposób szukał informacji o tym, gdzie odbywa się jakiś meeting. Nawiązywali przecież kontakt za pomocą poczty elektronicznej lub SMS-ów. No i wszystko stało się jasne.

Boże! Przez moją głowę przetoczyła się nawałnica myśli. Wszystko we mnie krzyczało. Nie rób mi tego, Jonasz! Nie rań mnie tak bardzo, do cholery! Nie wytrzymam. Moim ciałem zaczęły wstrząsać konwulsje, jakbym dostała jakiegoś ataku. To wszystko było ponad moje siły.

– To jak? – Jonasz odezwał się ponownie. – Bierzesz udział w zabawie? Aktywnie czy pasywnie? – W jego głosie zadźwięczała ironia.

– Natychmiast mnie stąd zabierz! – zażądałam. – Słyszysz?!

– Wysiadaj z samochodu – warknął.

– Nie mam zamiaru!

– Wysiadaj, ale już!

– Za nic! Odwieź mnie do domu!

Szybkim ruchem wyjął kluczyki ze stacyjki i wysiadł. Zatrzasnął drzwi i skierował pilota w stronę auta. Usłyszałam znajome piknięcie. Szczęknął zamek centralny. Byłam roztrzęsiona i uwięziona. Dlaczego, do cholery, nie wysiadłam z tego przeklętego samochodu? Mogłabym stąd uciec. Pewnie tą boczną drogą jeżdżą także inni ludzie. Normalni. Podążyłam wzrokiem za Jonaszem.

Podszedł do grupki stojących osób i przez krótką chwilę rozmawiał z rudowłosą dziewczyną. Zauważyłam, że uśmiechnęła się do niego i skinęła potakująco głową. Po chwili położyła się brzuchem na masce samochodu. Jonasz zadarł jej spódnicę do góry, a potem rozpiął rozporek i wyciągnął nabrzmiałego penisa. Z kieszeni kurtki wydobył prezerwatywę. Wprawnym ruchem rozerwał opakowanie zębami i założył kondom. Wszedł w rudowłosą gwałtownie i tak też się w niej poruszał. Dłonie oparł na jej biodrach. Cała drżałam ze zdenerwowania. Zaschło mi w ustach tak bardzo, że z braku śliny przełykałam samo powietrze. Miotały mną sprzeczne uczucia. Pragnęłam zamknąć oczy, a jednocześnie coś nie pozwalało mi oderwać wzroku od Jonasza.

Wszystko trwało bardzo krótko, choć wydawało się, że całą wieczność. Gdy kończył, odwrócił głowę w moją stronę. Nasze spojrzenia się spotkały. Nie zdążyłam uciec wzrokiem. Jonasz odsunął się od dziewczyny, a ona szybko poprawiła spódnicę. Zużytą prezerwatywę wyrzucił do kosza na śmieci, zamienił z kimś kilka słów i ruszył w kierunku samochodu. Znów usłyszałam znajomy dźwięk pilota, szczęknął zamek, a potem Jonasz otworzył drzwi i usiadł za kierownicą. Po twarzy płynęły mi łzy.

– Trzeba było się zabawić. Przecież tylko o to ci chodzi. Wiesz, jaka adrenalina? – ironizował. – A poza tym żadnego zaangażowania emocjonalnego, szybki numerek i już. Na dodatek całkowita dyskrecja i proste zasady. To prawie elitarny klub.

– Jesteś popieprzony! – zawołałam, ocierając dłońmi mokre od łez policzki. – W tym porąbanym klubie wolno zmuszać do patrzenia? To chyba łamanie zasad!

– Zgadza się. Udział jest dobrowolny, ale bywa, że napatoczy się ktoś przypadkowy – szydził. – Myślałem, że ci się spodoba.

– Ja się nie napatoczyłam! Zawieź mnie do domu.

– Nie wiem o co tyle szumu? – Patrzył mi prosto w oczy. – Sądziłem, że lubisz adrenalinę, spontaniczne uniesienia. Świetny sposób, by się odprężyć i zapomnieć o wszystkim. Jest tylko jeden problem: to cholernie uzależnia.

– Jeśli od czegokolwiek jestem uzależniona, to przez ciebie! – zawołałam.

Wciąż wpatrując się we mnie, przekręcił kluczyk w stacyjce, powoli puścił sprzęgło i dodał gazu. Ruszył. Przez długą chwilę jechaliśmy w milczeniu. Jonasz co jakiś czas mierzył mnie uważnym spojrzeniem.

– To był mój styl życia, zanim cię poznałem. Przecież o tym wiedziałaś – powiedział nagle zupełnie spokojnym tonem. – Lubiłem to. I to naprawdę uzależnia. Wkręciłem się na całego. Potem poznałem ciebie i oprócz adrenaliny zapragnąłem czegoś więcej. To pierwsze mi dałaś; szkoda, że tego drugiego już nie.

– Układ był jasny od samego początku – powiedziałam, przełykając łzy.

– Zaufałaś mi, dałaś się poprowadzić w stronę lekkiej perwersji. W moją stronę. – Niby się uśmiechał, ale wyraz twarzy miał nieodgadniony. – Myślałem, że to coś znaczy. Liczyłem na więcej. Doskonale o tym wiedziałaś, a jednak zabawiłaś się moim kosztem. Dlatego ja dziś zabawiłem się twoim.

– A więc to była zemsta?

– Nie tylko. Już ci mówiłem, że to lubiłem, a teraz zamierzam powrócić do dawnych zwyczajów. To mnie kręci – rzekł stanowczo. – Nie płacz – dodał łagodniej. – Nigdy mnie nie kochałaś, więc nie mogłem cię zranić. Dlaczego płaczesz?

Cała dygotałam w środku. Co za popieprzony facet! Najpierw mnie upokarza, a potem rozmawia tak, jak gdyby nic się nie stało. Niczego tak bardzo nie pragnęłam, jak obudzić się i dojść do wniosku, że to był tylko sen.

Milczałam przez resztę drogi.

– Żegnaj, Moniko – powiedział, gdy wysiadałam z samochodu.

– Żegnaj, Jonaszu.

Spojrzałam mu w oczy. Wpatrywał się we mnie przeraźliwie smutnym wzrokiem. Zatrzasnęłam drzwi od auta i wbiegłam do bramy. Wjechałam windą na górę i rozdygotanymi rękami najpierw próbowałam znaleźć klucze, a potem umieścić ten właściwy w zamku. Rozebrałam się i wzięłam szybki prysznic, jakbym chciała zmyć z siebie wydarzenia tego dnia. Osłabiona płaczem i nadmiarem emocji, położyłam się do łóżka. Ale nie mogłam zasnąć. To tak bardzo bolało! Emocjonalny ból wypełniał mnie całą...

Rozdział pierwszy

Byłam wściekła na Nadię. Dlaczego się ode mnie nie odczepi? Przecież przyjaźniłyśmy się od wielu lat i doskonale wiedziała, że nie jestem typem imprezowiczki. Nie znosiłam klubów i dyskotek. Wolałam spędzić wieczór z książką w ręku albo oglądając dobry film.

– Idziesz z nami i już – upierała się Nadia. – Od dwóch lat, odkąd Krzysiek odszedł z tą smarkulą, nie wystawiłaś nosa z domu. Zachowujesz się, jakbyś była w żałobie.

– Daj spokój – burknęłam poirytowana. – Wiesz, że nigdy tego nie lubiłam.

– Co ci szkodzi wyjść na drinka? Może kogoś poznasz?

– Nadia, do cholery, nie chcę nikogo poznawać. Mam dość facetów! – powiedziałam podniesionym głosem. Niemal to wyskandowałam, żeby sobie dobrze zapamiętała.

– Zamierzasz do końca swoich dni żyć w celibacie?

– Nie wiem. Nie myślę o tym. Pewna jestem jednego: nie zamierzam się angażować emocjonalnie w żaden związek. Po wyczynach Krzyśka mam dość. Drugi raz nie chcę przez coś podobnego przechodzić.

– To się nie angażuj. – Nadia uśmiechnęła się łobuzersko.

– Kiedy ty zrozumiesz, dziewczyno, że nie interesuje mnie przygodny seks? Znasz mnie nie od dzisiaj. A samotne kobiety chyba w tym celu chodzą do klubów?

– Niekoniecznie. W porządku, rób, co chcesz, chociaż gdybyś nie była taka święta, to może Krzysiek byłby dziś z tobą, a nie z tą całą Julią – podsumowała złośliwie.

– Nadia, to chwyt poniżej pasa! – wściekłam się.

– Przepraszam. – Przyjaciółka przytuliła mnie mocno. – Naprawdę, bardzo mi przykro. Byłaś świetną żoną, obiadki i te sprawy. Mnie by się nie chciało.

– Wiem. – Roześmiałam się nieco udobruchana. Bo czy to jej wina, że mój mąż okazał się palantem? – Starałam się, a on zwyczajnie i banalnie poleciał na młodszą laskę.

– Chodź dziś z nami. Wypijemy kilka drinków i wrócimy do domu – błagalnym tonem poprosiła Nadia. Uparta koza.

– Nie dajesz za wygraną. Dobrze, ale tylko ten jeden, jedyny raz. I jeśli mi się nie spodoba, odwalisz się ode mnie raz na zawsze.

– Nie obiecuję, ale przynajmniej się postaram – powiedziała Nadia.

Głęboko westchnęłam, pokiwałam z pobłażaniem głową, a kilka godzin później zawitałam z przyjaciółką i koleżankami do klubu. Dzień był ciepły, więc usiadłyśmy na zewnątrz przy szerokiej drewnianej ławie. Grał jakiś zespół, kilka osób już tańczyło. Robiłam dobrą minę do złej gry, trafiwszy w nie swoje klimaty. Byłam zła na siebie. Po jaką cholerę uległam Nadii? Zmarnowany wieczór. Będę się tylko męczyć.

– Niezła nuta! – zawołała Laura. – Lubię rocka!

– Ty wszystko lubisz – wtrąciła Hania.

– Nie znoszę disco, a reszta ujdzie.

Zamówiłam zimne piwo, Nadia z Hanią po drinku, a Laura kieliszek białego wina. Rozmowa się rozkręciła i nie byłam już tak poirytowana jak na samym początku. Alkohol zrobił swoje.

Nadia z Hanią zamawiały kolejne drinki i w końcu zdecydowały się potańczyć. Wkrótce dołączyła do nich Laura. Obserwowałam dziewczyny, popijając piwo. Bez nich poczułam się jakoś niezręcznie, nie na miejscu. W klubie panował tłok, mimo tego odniosłam wrażenie, że ktoś się na mnie gapi. Spojrzałam w bok.

O cholera! Miałam rację. Przy sąsiednim stoliku siedziała grupka młodych mężczyzn. Jeden z nich nie spuszczał ze mnie wzroku. Gdy nasze spojrzenia się spotkały, posłał mi szelmowski uśmiech. Zawstydzona, szybko odwróciłam głowę. Na szczęście wróciły dziewczyny. Nadia i Hania były już lekko wstawione.

– Widziałyście? – tajemniczo wyszeptała Nadia, wykonując dziwny ruch głową w prawą stronę i wywracając przy tym oczami.

– Ja cię kręcę! – pisnęła Hania. – Urwał się z okładki magazynu mody czy co?

– I gapi się w naszą stronę – wyszeptała konspiracyjnie Laura.

Wiedziałam, o kim mowa. Gdy obróciłam się na chwilę w stronę sąsiedniego stolika, by sprawdzić, kto dotyka mnie wzrokiem, zdążyłam dostrzec, jaki przystojny jest ów nachalny obserwator. Ciemne, falowane włosy do ramion, piękna, męska twarz, a biała, markowa koszulka podkreślała wspaniałą, lecz nieprzeładowaną muskulaturę. Siedział, ale wiedziałam, że jest wysoki. Tylko co z tego? Tak naprawdę nic mnie to wszystko nie obchodziło. Krzysiek też był przystojny, a potem okazał się zwyczajnym draniem. Może gdyby był brzydalem albo chociaż facetem przeciętnej urody, jakich wielu chodzi po ulicy, ta gówniara Julka nie poleciałaby na niego.

Dziewczyny przez resztę czasu piały z zachwytu, a Nadia z Hanią zaczęły popisywać się na parkiecie, dziwnie blisko stolika, przy którym siedział piękny nieznajomy. Dochodziła druga w nocy. Zespół zagrał ostatni kawałek i włączono muzykę z taśmy. Ludzie powoli zbierali się do wyjścia.

– Wracamy do domu? – spytałam.

– A może przedłużymy imprezę? – wtrącił jakiś młody mężczyzna, stając znienacka obok nas; towarzyszyło mu dwóch kolegów, w tym ów bosko przystojny.

– Chętnie – odparła Nadia. – Co wy na to, dziewczyny?

Hania i Laura w oczywisty sposób były podekscytowane propozycją.

– No to zapraszam do siebie.

– Dzwonimy po taksówki? – zainteresowała się Nadia. – Do jednej raczej nie wejdziemy...

– Wejdziemy. Część osób może pojechać z Jonaszem. Wypił jednego drinka, ale kilka godzin temu. – Mężczyzna wskazał brodą kolegę, który z bliska okazał się jeszcze przystojniejszy. Prawdę mówiąc, Jonasz był najprzystojniejszym mężczyzną, jakiego kiedykolwiek widziałam. Mimo to chciałam wracać. Odciągnęłam Nadię na bok.

– Bawcie się dobrze. Ja wracam do domu – oznajmiłam. – Jestem potwornie zmęczona i mam dość na dzisiaj.

– Zwariowałaś?! – Nadia była zła. – Zabawa się dopiero rozkręca! Czemu chcesz wszystko zepsuć?

– Jedźcie i bawcie się dobrze. Zepsuję zabawę, jeśli pojadę z wami, bo mam zwyczajnie dość. Czy ty nie możesz tego zrozumieć? – żachnęłam się.

– Razem przyjechałyśmy i razem powinnyśmy wrócić. O co ci chodzi? Jest weekend. Nie idziesz jutro do pracy, nie będziesz też pracowała w domu. Zdążysz się wyspać.

Kątem oka zauważyłam, że Hania z Laurą i grupką młodych mężczyzn obserwują nas z boku. Pewnie domyślili się, że nie mam zamiaru z nimi jechać.

– Nadia, takie imprezy u kogoś na chacie kończą się wylądowaniem z jednym albo drugim facetem w łóżku. To nie dla mnie. Nie chcę tego i już! – prawie krzyknęłam.

– Obiecuję, że nie wylądujesz z nikim w łóżku i że rano odwiozę cię grzecznie do domu – usłyszałam głos dobiegający zza moich pleców. Odwróciłam się i zaniemówiłam. Podobnie zresztą jak Nadia. Obok stał Jonasz i wpatrywał się we mnie spod przymrużonych powiek.

– Chodź. – Złapał moją dłoń i pociągnął mnie za sobą. Byłam tak zaskoczona, że nie zaprotestowałam. – Kto jeszcze chce z nami jechać, to do samochodu! – zawołał, nie odwracając się za siebie.

Otworzył przede mną drzwi do auta.

– Wskakuj – powiedział, przyglądając mi się uważnie. Zawahałam się. – Nie lubię, gdy ktoś mi odmawia. – Przekrzywił lekko głowę i nie spuszczał ze mnie natarczywego wzroku.

Jego słowa wzbudziły mój natychmiastowy bunt. Co za palant? Myśli, że skoro jest przystojny, to wszystkie laski na niego polecą? No to się pomylił!

– Dziękuję, ale mam inne plany – odparłam. – Dzwonię po taksówkę i wracam do domu.

– Dlaczego? – Znów przymrużył oczy.

Jego pytanie zupełnie mnie zaskoczyło.

– Dlaczego? – powtórzyłam. – Ponieważ nie znoszę imprez, klubów i tej całej reszty.

– To znaczy? – W jego głosie wyczułam teraz rozbawienie.

Wzruszyłam ramionami, nie bardzo wiedząc, co odpowiedzieć.

– Jestem zmęczona i chcę wracać.

– Cała reszta cię nie dotyczy. Przecież obiecałem, że nie wylądujesz z nikim w łóżku. Wsiadaj – zachęcał łagodnie. – Mam ochotę z kimś pogadać, a jeśli uciekniesz, to raczej mi się to nie uda. Wygląda, że oni rzeczywiście planują coś innego. – Uśmiechnął się znacząco. – Też nie lubię tłumu. Spotkałem się z chłopakami ze względu na Marcela. To mój przyjaciel, pracuje w Anglii. Nie widzieliśmy się od kilku miesięcy, a za dwa dni Marcel znów wyjeżdża.

Nie wiem, czy przekonał mnie tymi słowami, czy po prostu zagapiłam się na jego piękną twarz – i zadziałał niewątpliwy urok osobisty Jonasza – tak czy siak, wsiadłam do samochodu. Po chwili dołączyli do nas Nadia, Marcel i Hania. Reszta zapakowała się do taksówki.

Nadia przez całą drogę zagadywała Jonasza, a on grzecznie, choć lakonicznie odpowiadał na jej pytania. Od czasu do czasu czułam na sobie jego wzrok. Krępowało mnie to. Nie byłam przyzwyczajona do podobnych zachowań i nie bardzo wiedziałam, jak sobie w takiej sytuacji radzić. Z drugiej strony cieszyłam się, że utrę nosa Nadii. Dokładnie. To moja przyjaciółka, ale bywa irytująca. Wydaje się jej, że o facetach wie wszystko i każdego może mieć.

Dotarliśmy na miejsce i Jonasz zaparkował samochód przed niedużym domem jednorodzinnym. Taksówka przyjechała tuż za nami. Marcel otworzył furtkę, potem drzwi i zaprosił wszystkich do środka. Dopiero tutaj poznałam imiona pozostałych mężczyzn: Kacper i Dominik. Usiedliśmy w salonie. Na ławie w szybkim tempie pojawiły się butelki z dobrą wódką, soki, wina, piwo, przekąski. Po chwili każdy trzymał w ręku swojego drinka. Tylko Jonasz pił sok.

– Nie napijesz się czegoś mocniejszego? – spytałam.

– To mnie nie kręci.

– A co cię kręci? – zapytałam ośmielona alkoholem i natychmiast przeraziłam się swojego pytania.

– Mam nadzieję, że kiedyś ci pokażę – odparł rozbawiony moim popłochem.

Postanowiłam zmienić temat; problem w tym, że nic sensownego nie przychodziło mi do głowy.

– Pracujesz w... Polsce czy... no... w Anglii? – wydukałam i zaraz pożałowałam swojego durnego pytania. Pięknie się skompromitowałam! Przecież gdyby pracował w Anglii, to zapewne częściej widywałby się z Marcelem. – A może jeszcze gdzie indziej? – brnęłam dalej. – A mieszkasz tutaj czy tam, gdzie pracujesz?

Przekrzywił głowę na bok i przyglądał mi się z tą deprymującą uwagą. Wciąż to robił, jakby nigdy wcześniej nie widział kobiety. To było niezwykle peszące i... podniecające. Wiedział o tym? Pewnie tak. W kącikach jego ust czaił się uśmiech.

Nieoczekiwanie wziął moją dłoń w swoje ręce.

– Na stałe mieszkam tutaj, choć sporo podróżuję. Pracuję w hotelarstwie. W Anglii też bywam, ale tak się składało, że gdy ja leciałem do Anglii, to Marcel akurat przylatywał do Polski, i na odwrót. Mijaliśmy się – odpowiedział wyczerpująco. – A więc pytanie o Anglię nie było zupełnie bezsensowne – dodał, jakby czytał w moich myślach. Co za facet!

– Chyba nie będę dzisiaj najlepszym kompanem do rozmowy – wyznałam, głęboko wzdychając.

– Onieśmielam cię?

Nie, no świetnie! I co ja mam na takie pytanie odpowiedzieć? Byłam przerażona jego bezpośredniością.

– Tak – odparłam, wbijając wzrok w podłogę i dziwiąc się samej sobie, że mówię prawdę i to ze skruchą. Gdzie mój buntowniczy charakter?

– W takim razie będziemy to musieli zmienić – odparł, bacznie mnie obserwując. – Bo może nam przeszkadzać.

– W czym? – spytałam i po raz kolejny pożałowałam swojej ciekawości. Byłam wściekła na siebie. Co ja, u licha, wyprawiam? Wszystko przez ten alkohol!

– W rozmowie. – Roześmiał się beztrosko, a ja odetchnęłam z ulgą, ale tylko na krótką chwilę. – I mam nadzieję, że nie tylko w rozmowie... – szepnął mi prosto do ucha.

Po plecach przeszły mi ciarki. Byłam przekonana, że prowadzi ze mną jakąś grę i doskonale się przy tym bawi.

– Co robisz wieczorami, skoro nie lubisz chodzić do klubów?

– Czytam książki, oglądam filmy, słucham muzyki. Po prostu odpoczywam – odpowiedziałam zgodnie z prawdą.

– Wolisz swoje własne towarzystwo? – spytał z uśmiechem, ponownie mrużąc oczy.

– Nie, to nie tak. Bardzo lubię spotkania ze znajomymi, ale nie przepadam za tłokiem. Wolę koncentrować się na jednym rozmówcy – odparłam i wypiłam kolejny łyk drinka. – Gdy jedna osoba coś do mnie mówi, jestem w stanie wsłuchać się w jej słowa. Gdy wszyscy mówią jednocześnie, to mnie rozprasza.

– Spotkania grupowe nie są złe – powiedział, uśmiechając się tajemniczo. – Ale nie w kwestii rozmów – dodał.

Nie miałam zielonego pojęcia, o czym mówi, i wolałam nie dociekać, żeby znów czegoś głupiego nie palnąć.

– W grupie brakuje bliższego kontaktu emocjonalnego. Masz rację, że to można poczuć, będąc tylko z jedną osobą – odezwał się ponownie. – Nie masz męża, prawda? – spytał nagle. Choć właściwie bardziej stwierdził.

– Skąd ta pewność?

– Nie lubisz klubów. Gdybyś była mężatką, z pewnością nie spotkalibyśmy się tutaj. Podejrzewam, że do klubu wyciągnęły cię dziewczyny.

– Zgadza się – odparłam i wzruszyłam ramionami.

– Kiedy się rozwiodłaś?

– Skąd wiesz, że w ogóle byłam mężatką?

– Już po raz drugi odpowiadasz pytaniem na pytanie. – Roześmiał się. – Jesteś piękną kobietą. Nie sądzę, żebyś wcześniej żyła samotnie. No chyba że byłaś w związku partnerskim?

– Nie – wyznałam. – Dwa lata temu wzięłam rozwód. I chyba nie jestem taką piękną kobietą, skoro mój mąż zostawił mnie dla młodszej – dodałam i znowu poczułam się zaskoczona własną szczerością. Pomyślałam, że jeśli wypiję jeszcze jednego drinka, to opowiem mu całe swoje życie. Po cholerę ja tyle piję?

– Nie obraź się, Moniko, ale twój mąż to kretyn, który nie wie, co stracił, a mnie taka sytuacja jest bardzo na rękę.

Z wrażenia odebrało mi mowę. Gdyby Jonasz pił alkohol, pomyślałabym, że to pod jego wpływem wygaduje te głupoty, ale sączył wyłącznie sok. Druga myśl, która błyskawicznie przemknęła mi przez głowę, dotyczyła podejrzenia, że jednak chce się ze mną przespać i najzwyczajniej w świecie mnie uwodzi. Rozejrzałam się po salonie i dopiero teraz odkryłam, że zostaliśmy sami. Nawet Nadia się ulotniła – chyba z Dominikiem, bo z nim najwięcej rozmawiała, uznawszy, że u Jonasza dzisiejszej nocy nie ma szans. A on wciąż siedział ze mną i raczej nie prawił mi tych wszystkich komplementów bez powodu. Trudno, rozczaruje się. Fakt, że jest piekielnie przystojny, to za mało, żebym wskoczyła mu do łóżka. Zwyczajnie – ja taka nie byłam. Pewnych rzeczy nie akceptowałam i już.

– Przecież ci obiecałem, że nie wylądujesz dzisiaj z nikim w łóżku – dobiegł mnie jego głos. – Z nikim, to znaczy, że ze mną też nie. Dotrzymuję słowa – dodał. – O tym myślałaś, prawda? – Przyglądał mi się wyraźnie rozbawiony. Który to już raz? W mojej obecności wciąż miał ubaw po pachy, prezentując bogaty zestaw uśmiechów.

– Czytasz w myślach?

– Twoje oczy cię zdradzają. Wyraz twarzy również. Można w tobie czytać jak w otwartej książce. Chodź, położymy się na kanapie i prześpimy ze dwie godzinki. Rano pożegnam się z Marcelem i odwiozę cię do domu.

Wyglądało na to, że mogę mu zaufać, a zmęczenie rzeczywiście dawało mi się we znaki. Spojrzałam na Jonasza.

Rozłożył kanapę i wyjął miękki koc, po czym wyciągnął się wygodnie, klepiąc miejsce obok siebie.

– Chodź – powiedział łagodnie. – Zaufaj mi.

Położyłam się u jego boku. Nakrył mnie kocem.

– Śpij. I pamiętaj, że moja obietnica dotyczy tylko dzisiejszej nocy – szepnął mi do ucha.

– Przestań w końcu żartować – mruknęłam, zapadając powoli w sen.

– Nie żartuję, Moniko – dotarł do mnie jego poważny, choć cichy głos.

Nie odpowiedziałam. Zasnęłam.

Rozdział drugi

Obudził mnie tępy ból głowy. Nie otworzyłam natychmiast oczu, bo się zorientowałam, że leżę obok kogoś, kto mnie przytula. Zesztywniałam, gdy w swoich włosach poczułam ciepły oddech. O cholera! Za dużo alkoholu! Stanowczo za dużo alkoholu wczorajszego wieczoru. Skoncentrowałam się, próbując odtworzyć przebieg wydarzeń. Klub, grupka młodych mężczyzn, domek jednorodzinny... Jonasz! Boże, chyba się z nim nie przespałam?! Czy to on leży obok mnie? Od rzeczywistości wciąż odgradzały mnie zamknięte powieki. Sumienie zacząć dręczyć kac moralny. Nagle poczułam, że ktoś całuje mnie w czubek głowy, a potem w czoło.

– Otwórz oczy – usłyszałam łagodną, a zarazem stanowczą prośbę. – Wiem, że już nie śpisz.

– Cześć – odezwałam się cicho, unosząc powieki.

– Dzień dobry – odparł i znów mnie pocałował, tym razem w policzek.

Delikatnie wyswobodziłam się z objęć Jonasza i usiadłam. Czułam na sobie jego wzrok.

– Muszę zadzwonić po taksówkę – powiedziałam, rozglądając się za komórką.

– Obiecałem wczoraj, że cię odwiozę. Czekam tylko, aż wstanie Marcel. Chcę się z nim pożegnać.

– Ależ potrafię sama dotrzeć do własnego domu. Nie rób sobie kłopotu.

Błyskawicznie wstał z kanapy i ukucnął przede mną. Ujął mocno moje dłonie.

– To niegrzecznie mówić do kogoś, nie patrząc na niego.
– Zajrzał mi w oczy. – Odwiozę cię – rzekł tonem nieznoszącym sprzeciwu.

Westchnęłam głęboko. Fatalnie się czułam, fizycznie i psychicznie. Miałam nadzieję, że się z nim nie przespałam. Ale nie byłam pewna i to potęgowało uczucie frustracji.

– Dobrze, pod warunkiem że on zaraz się obudzi. Muszę jechać do domu, wziąć prysznic i porządnie się wyspać.

– Źle ci się spało w moich ramionach? – spytał, posyłając mi jeden ze swoich czarujących uśmiechów. Ten był zadziorny.

– Jonasz, to wszystko wyszło nie tak, jak powinno. Źle się z tym czuję – zaczęłam tłumaczyć. – To nie moja bajka.

– Urwał ci się film? – odgadł, patrząc mi prosto w oczy.

– Sama nie wiem – przyznałam. – Sporo pamiętam, tylko...

– Nie spałem z tobą, jeśli o to chodzi. Przecież obiecałem.
– Chyba mój oddech ulgi był zbyt głośny, bo w kącikach jego ust pojawił się zalążek uśmiechu. – Gdy zasypiałaś, powiedziałem ci także, że moja obietnica dotyczy tylko tej nocy. A więc od teraz musisz się mnie strzec. Lojalnie uprzedzam, że zrobię wszystko, by cię zdobyć – oświadczył poważnym tonem, jakby składał przysięgę.

Zrobiło się jakoś dziwnie.

– Jonasz, nie jestem zainteresowana przygodnym seksem – odparłam, kompletnie zaskoczona jego słowami.

– A czy ja ci proponuję przygodny seks? – Przekrzywił głowę w bok.

– Nie wiem, nie mam siły myśleć ani analizować twoich wypowiedzi. Ledwie mnie znasz, a gadasz o zdobywaniu, jakbym była szczytem. To za dużo jak na mojego kaca.

Wstał i ruszył w kierunku kuchni. Po chwili wrócił ze szklanką wody, w której buzowała rozpuszczająca się tabletka, zapewne aspiryna.

– Wypij – polecił, podając mi szklankę. – Przygodny seks to ja mogę mieć w każdej chwili, więc ci go nie proponuję.

– I bardzo dobrze – mruknęłam, nie bardzo wiedząc, co mogłabym powiedzieć na takie dictum.

– Proponuję ci raczej dłuższą podróż, byś mogła się przekonać, co mnie podnieca. Liczę też bardzo, że ta podróż przypadnie ci do gustu. – Pochylił się, zaglądając mi głęboko w oczy, jakby sprawdzał, czy dobrze go usłyszałam.

Nie po raz pierwszy w obecności Jonasza odebrało mi mowę. Tym razem jednak musiałam mieć wyjątkowo głupią minę, bo na jego twarzy odmalowało się nieskrywane rozbawienie.

– Nie liczyłabym na to – odezwałam się po dłuższej chwili. – Też powinnam cię lojalnie ostrzec: tracisz czas.

– Lubię wyzwania i lubię zdobywać to, czego pragnę. – Spoważniał momentalnie. – A pragnę ciebie, Moniko. I poświęcę ci swój czas. Ile będzie trzeba. No, nareszcie jesteś! – Spojrzał w stronę schodów. Miał piękne, zielone oczy. Podążyłam za jego wzrokiem. Na dół schodził Marcel. Nie wyglądał zbyt świeżo: wymięta twarz, podkrążone oczy, bruzdy wokół ust.

– Siema – powiedział. – Ledwie żyję, mam potwornego kaca.

– Słuchaj, my już spadamy, więc doleć cało i odezwij się po wylądowaniu.

– Jasne – odparł Marcel. Podszedł do Jonasza, uścisnął mu dłoń, a drugą ręką poklepał go po plecach. – Dam znać przez neta albo komórkę.

Gdy się pożegnali, Jonasz wziął mnie za rękę i zaprowadził do swojego samochodu. Jakbym była małą dziewczynką lub jakbyśmy stanowili parę. Cóż za irytująca pewność siebie!

– O co chodzi? Czemu się na mnie gapisz, zamiast jechać? – spytałam z pretensją.

– Ruszymy natychmiast, gdy tylko podasz mi adres – odparł radośnie.

Cóż miałam zrobić? Też się roześmiałam i poinstruowałam go, dokąd ma mnie zawieźć.

– A więc prysznic, a potem sen?

– Mhm.

– Ja wziąłem prysznic u Marcela, gdy spałaś. Nawet zastanawiałem się, czy cię nie obudzić, ale doszedłem do wniosku, że dziś jeszcze nie będziesz miała ochoty na wspólną kąpiel – powiedział, zerkając na mnie. Przez jego twarz, a jakże, przebiegł cień uśmiechu.

– Obawiam się, Jonaszu, że przeceniasz siłę swego uroku. Nie zakładam, byśmy kiedykolwiek mieli brać wspólny prysznic. I patrz na drogę, bo zaraz nas rozwalisz, a wtedy już na pewno nigdy niczego razem nie zrobimy.

– To się okaże, Moniko – odparł niezrażony moją postawą.

Co za facet! Reszta drogi upłynęła nam w milczeniu.

– Tutaj możesz się zatrzymać. – Wskazałam swój blok.

Wjechał na parking.

– Dziękuję za podwiezienie i za wczorajszą rozmowę. Do widzenia.

– Nie zaprosisz mnie do środka? – Przekrzywił głowę w bok i zmrużył oczy, jakby nie tyle pytał, co sugerował.

– Nie mam zamiaru. Mówiłam ci, że niepotrzebnie tracisz czas.

– Do zobaczenia – odparł, a w jego spojrzeniu dostrzegłam dziwny błysk. Może znowu go rozbawiłam, a może to był błysk w oku drapieżnika, któremu zdobycz wymyka się z łap.

Wróciłam do domu i poczułam się w końcu sobą. Po raz kolejny doszłam do wniosku, że nocne wypady, kluby, przygodnie poznani faceci to nie moja bajka. To raczej dla takich odważnych i atrakcyjnych dziewczyn jak Nadia. Ja nie czułam się ani odważna, ani atrakcyjna.

Zdjęłam ubranie i przyjrzałam się swojemu odbiciu w lustrze. Zobaczyłam średniego wzrostu kobietę, szczupłą, z niedużym biustem, o ciemnych, długich włosach, które współgrały z równie ciemnym kolorem oczu. Niedawno skończyłam trzydzieści dwa lata, ale wyglądałam chyba młodziej. Byłam jednak zwyczajna. Nie miałam tego błysku w oku ani seksapilu, którym zawsze emanowała Nadia.

Wzięłam prysznic, a zasypiając, myślałam przez dłuższą chwilę o Jonaszu, o tym, jaki to przystojny i, co tu kryć, wielce intrygujący mężczyzna. A te jego oczy... Matko Boska, ratuj!

Rozdział trzeci

W ciągu ostatnich kilku dni tylko raz byłam w biurze. Szef wiedział, że wolę pracować w domu. W końcu do pracy potrzebowałam jedynie laptopa i porządnego oprogramowania. W swoim mieszkaniu miałam spokój i nikt mnie nie rozpraszał. Gdy zabrzęczała komórka i na wyświetlaczu zobaczyłam numer Joanny, pomyślałam, że wydarzyło się coś nieoczekiwanego. Z szefem umówiłam się dopiero na przyszły tydzień.

– Cześć, Monika.

– Cześć, Aśka. Coś się stało? Mam przyjść do biura?

– Nie, nie o to chodzi. Nie wiedziałam, kiedy się zjawisz, a od dwóch dni szuka cię... – przerwała, chyba dla podniesienia napięcia.

– Kto mnie szuka? – zainteresowałam się. – No mów.

– Mężczyzna, wyobraź sobie. Przedstawił się jako Jonasz Czarnecki.

Zamurowało mnie.

– Przyszedł do biura? – bąknęłam w końcu. Wciąż nie mogłam wyjść ze zdumienia, ale ciekawość wygrała.

– Tak.

– Co mu powiedziałaś? – dociekałam.

– No, że nie wiem, kiedy będziesz. To mu powiedziałam wczoraj, ale dziś on znów przyszedł.

– I...?

– Powiedziałam mu to samo, a wtedy zapytał, kto w takim razie wie, kiedy się zjawisz?

– I co było dalej?

– Wyjaśniłam, że takie rzeczy ustalasz z szefem. No to poszedł do szefa.

– Co takiego?!

– Nie denerwuj się. Zachowywał się bardzo kulturalnie.

– Do licha! Skąd on, do cholery, wie, gdzie ja pracuję?!

– Monika, mogę ci zadać niedyskretne pytanie? – usłyszałam w komórce nieśmiały głos Joanny, która nie wzięła mojego wybuchu do siebie.

– Pytaj.

– Skąd ty go znasz? Jak żyję na tym świecie, a trochę już żyję, nie widziałam takiego przystojnego faceta.

– Z klubu nocnego – burknęłam.

– Skąd?! Przecież ty nie chodzisz do klubów nocnych.

– Wiem, ale raz mi się zdarzyło – powiedziałam łagodniej. – No i widzisz, jakie są tego efekty.

– Hm... Chyba też zacznę chodzić w takie miejsca, skoro można tam poznać podobne okazy.

Roześmiałam się i w tym momencie ktoś zadzwonił do drzwi.

– Asiu, muszę kończyć. Mam gościa.

– No to pa!

– Pa!

Podeszłam do drzwi i bez zerknięcia w wizjer otworzyłam je szeroko.

– Witaj! – usłyszałam i ujrzałam wpatrzone we mnie zielone oczy.

– Cześć – odparłam, gapiąc się na Jonasza jak na nadprzyrodzone zjawisko.

– Nie zaprosisz mnie do środka? – spytał, przekrzywiając głowę, a ja pomyślałam, że zaczynam lubić ten gest. Niedobrze.

– Proszę, wejdź – wydukałam. – I przepraszam za bałagan. Nie jestem przyzwyczajona do odwiedzin przed południem – tłumaczyłam się, choć niby nie miałam powodu. Byłam u siebie, we własnym domu; to on powinien się wytłumaczyć z tego najścia. Ale z drugiej strony zdawałam sobie sprawę, że przyłapał mnie bez makijażu, w starej, króciutkiej sukience. – Pracuję właśnie nad stroną internetową...

– Wiem, czym się zajmujesz – przerwał mi, wchodząc do mieszkania i bez skrępowania się po nim rozglądając. – Szukałem cię w biurze. Sądziłem, że tam cię zastanę, ale twój szef powiedział, że zjawisz się dopiero po niedzieli. Nie mogłem tak długo czekać.

– A coś się stało? – zapytałam, zastanawiając się, czego może dotyczyć owa ważna sprawa. Tak ważna, że aż mnie szukał.

– Tak – odpowiedział i stanął na wprost mnie. Patrząc mi głęboko w oczy, ujął moją głowę w dłonie, a potem pocałował mnie w czoło. Niby ojcowski gest, ale wcale nie poczułam się jak jego córka. – Tęskniłem za tobą.

– Jonasz, już ci mówiłam, że tracisz czas – odparłam, ale po raz pierwszy wzięłam pod uwagę, że może to ja się mylę, a on ma rację. Przecież próbowałam wrócić do swojego małego, dobrze poukładanego świata, jakbym nigdy nie spotkała przystojnego mężczyzny o pięknych zielonych oczach, składającego mi niepokojące propozycje. Ale nic z tego. Jonasz zakradał się do moich myśli zupełnie niepostrzeżenie. Czy tego chciałam, czy nie. I był ze mną, gdy pracowałam, myłam się, jadłam, przewracałam w łóżku z boku na bok, nie mogąc zasnąć. A gdy wreszcie morzył mnie sen, w nim też się natychmiast pojawiał. Teraz wkroczył w mój domowy świat – realny, namacalny – i przeszył mnie dziwny dreszcz. Jakby przeczucia, że coś się zaczyna... dzika jazda bez trzymanki.

– Dlaczego nie chcesz się ze mną wybrać w podróż? Odpowiedz, Moniko. Dlaczego nie chcesz się przekonać, co mnie kręci?

– Już ci mówiłam. Nie jestem taka. To nie moje klimaty.

– Skąd możesz wiedzieć, póki nie spróbujesz?

– Wiem, gdzie się dobrze czuję. W starych kapciach, w domu przed telewizorem albo na kanapie z książką w ręku.

– A potrzeby inne niż intelektualne? Co robisz, gdy czujesz się samotna?

Roześmiałam się nerwowo.

– Na to też wymyślono sposoby i sprytne urządzenia, które...

– Proponuję ci coś lepszego – przerwał mi kpiącym tonem. – Sądzę, nie bez podstaw, że jestem interesującym facetem, a żadna z moich kobiet nie skarżyła się na mój sprzęt. Potrafię ci zaoferować o wiele więcej wrażeń niż byle wibrator.

– No wiesz! – żachnęłam się, usiłując odsunąć się od niego, ale chwycił moją rękę. – Na pewno jesteś zarozumiałym facetem. A ja nie zamierzam być jedną z twoich kobiet. Puść mnie – zażądałam. – I dla twojej wiadomości: nie używam wibratora – dodałam pospiesznie, czerwieniąc się po same uszy.

Wypuścił moją dłoń i odstąpił o krok, ostentacyjnie unosząc ręce.

– Czego się boisz? Co masz do stracenia? Nie odrzucaj mnie z góry, bo tak.

– Jonasz, zrozum, to nie chodzi personalnie o ciebie. Po rozwodzie obiecałam sobie, że nie będę się angażowała w żadne związki. Koniec z mężczyznami, rozumiesz?

– Nie przyjmuję tego do wiadomości – odparł, kręcąc głową. – Nie wierzę w odpowiedzialność zbiorową. Jeden kutas okazał się draniem, więc odtąd będziesz żyć w celibacie, nienawidząc wszystkich facetów? To chore.

– To instynkt samozachowawczy. Nie chcę znowu zostać zraniona – wyznałam szczerze.

– Nie zranię cię, jeśli ty nie zranisz mnie. Mówiąc o zaangażowaniu, miałaś na myśli także zaangażowanie emocjonalne?

– Przede wszystkim emocjonalne. Nie chodzę do łóżka z facetami, z którymi nie łączy mnie żadne uczucie, a nie chcę się angażować, więc kółko się zamyka. Nawet nie wiem, co ty mi właściwie proponujesz.

– Długą podróż – odparł, nie spuszczając ze mnie wzroku. Nie dotykał mnie, ręce trzymał przy sobie, a i tak poczułam się jak na smyczy. Więził mnie spojrzeniem. – Możemy zacząć od seksu, a potem liczę na zaangażowanie emocjonalne. Zresztą jestem pewien, że to drugie będzie konsekwencją pierwszego.

– Jonasz, czy ty wszystkim kobietom walisz prawdę prosto z mostu? – spytałam poirytowana.

– Raczej tak, choć dłuższej podróży jeszcze żadnej nie proponowałem.

I znów mnie zaskoczył. Co on, do cholery, wygadywał? Nie znał mnie. Rozmawiał ze mną przez kilka godzin w domu Marcela. Może to on jest chory? Psychicznie!

– Nie znasz mnie – wypowiedziałam na głos swoje myśli. – Nic o mnie nie wiesz. Zaproponuj tę długą podróż innej kobiecie. Taki interesujący mężczyzna na pewno łatwo jakąś znajdzie – nie darowałam sobie złośliwości.

– Pragnę ciebie, Moniko – odparł poważnym głosem, i tym prostym, odważnym stwierdzeniem obnażał się przede mną, wystawiał na cios. Czemu?

– Dlaczego?! – prawie krzyknęłam.

– Odkąd cię zobaczyłem w klubie, od pierwszego momentu wiedziałem, że pragnę przeżyć z tobą coś niezwykłego. Wyłącznie z tobą.

– Jonasz, czy ty przypadkiem nie uciekłeś z jakiegoś psychiatryka? – warknęłam ze złością. Chroniłam się za gniewem; tak było bezpieczniej.

– Nie. Po prostu wiem, czego chcę – odparł ze śmiertelną powagą. – I z ciebie nie zrezygnuję.

– Nie jestem w stanie zaangażować się w żaden związek – powtórzyłam z uporem, odwracając się do niego plecami.

– Skoro jesteś tego taka pewna, zaryzykuj. Czego się boisz? Że się we mnie zakochasz? Z twojego punktu widzenia to niemożliwe, zatem cię nie zranię, a przecież zranienia boisz się najbardziej.

Ta rozmowa stawała się nie do zniesienia. Zaczynała mnie boleć głowa i już sama nie wiedziałam, o co w tym wszystkim chodzi. Chciałam, żeby już sobie poszedł, żeby przestał mnie dręczyć.

Nagle stanął tuż za mną. Czułam jego ciepło, siłę, wolę.

– Zaryzykuj, Moniko. Po prostu zaryzykuj – szeptał, muskając mnie gorącym oddechem. – Chcę ci pokazać świat moich doznań. Chcę, byś w niego wkroczyła, byś się w nim zanurzyła, doświadczając tego samego co ja. – Odgarnął mi włosy z karku i zastąpił je ustami.

Przeszedł mnie dreszcz. Zauważył to i przywarł mocno do moich pleców. Czułam każdy jego mięsień z osobna. I jeszcze ten zapach! Przestałam myśleć, zastanawiać się, rozważać, kalkulować. Objął mnie ciaśniej, tak że jego nabrzmiała męskość wbiła się w moje pośladki. Zrozumiałam, że nie potrafię mu się oprzeć. Byłam kobietą, która od ponad dwóch lat nie spała z facetem.

Jonasz po prostu wykorzystał sytuację.

Rozdział czwarty

Jego pocałunki były coraz intensywniejsze, a dłonie odważniejsze. Śmiało przesuwały się po moich udach, brzuchu, aż dotarły do piersi. Gładził je delikatnie przez materiał sukienki. Sutki natychmiast mi stwardniały. Wiedziałam, że wpadłam po uszy. Obudził mnie z uśpienia. Kto go prosił?!

– Odwróć się – szepnął mi do ucha i bez sprzeciwu go posłuchałam. – Otwórz oczy i spójrz na mnie – rozkazał łagodnie.

Boże, wszystko we mnie drżało! Każda cząstka ciała i umysłu. Uniosłam powieki. Wpatrywał się w moje źrenice, gdy wsuwał mi rękę za dekolt, znów chwytając pierś. Poczułam ciepło jego dłoni. Złapał brodawkę w palce i zaczął ją drażnić, trącać, szczypać, pociągać. Podniecenie ogarnęło mnie całą, docierając do dawno nieodwiedzanych zakamarków.

– Nie zamykaj oczu – poprosił i uśmiechnął się leciutko. – I nie myśl. Po prostu się temu poddaj.

– Chyba nie jestem w stanie myśleć w tej chwili – wyznałam bezwiednie.

Uśmiechnął się szerzej i ujął drugą pierś. Na całym ciele miałam gęsią skórkę. Próbowałam wyrównać oddech. Czułam się bardzo podniecona, a jednocześnie lekko zażenowana tym, co się działo.

– Nie kontroluj oddechu – powiedział łagodnie i stanowczo zarazem. Ten charakterystyczny dla niego ton też zaczynałam lubić. Eliminował wahanie. – I przestań się wciąż pilnować.

Nachylił się nade mną i jego wargi objęły moje. Delikatnie zaczął je ssać, a gdy się poddałam, wsunął mi język w usta. Całował mnie najpierw bardzo delikatnie, ostrożnie, ale stopniowo pozwalał sobie na coraz większą namiętność. Zatracałam się w tym wszystkim. Wplotłam palce w jego włosy, a moje ciało samo zaczęło napierać na Jonasza, chcąc więcej. Uśmiechnął się z satysfakcją. Wiedział, że tę walkę wygrał.

– Podnieś ręce do góry – polecił i zrobiłam to bez zwłoki. Jednym wprawnym ruchem zdjął mi sukienkę, a drugim stanik. Odsunął się na chwilę i patrzył na mnie. Oczy mu błyszczały. Ściągnął koszulkę, a ja szybko przytuliłam się do niego. Naga skóra do nagiej skóry. Dotknęłam jego torsu, uszczypnęłam w sutek, a potem pocałowałam. Oddech Jonasza przyspieszył. Zaczęłam ssać jego brodawki: raz jedną, raz drugą. To, jak reagował, jak napinały się jego mięśnie, jak dyszał, podniecało mnie coraz bardziej.

– Chodź – szepnął i ruchem głowy wskazał łóżko. Posłuchałam. – Połóż się. Jeszcze trochę wyżej. Oprzyj się plecami o zagłówek. I nie zamykaj oczu, Moniko. Chcę cię widzieć i chcę, żebyś ty patrzyła na mnie.

Byłam bliska orgazmu, choć dotąd nawet nie dotknął strefy najbardziej erogennej. Wystarczało to, co mówił, jak patrzył, cała ta otoczka. Czułam tak silne mrowienie między udami, że wszystko zaczynało mnie boleć. Nie sądziłam, że to w ogóle możliwe – taki przyjemny ból. Jonasz nachylił się nade mną i pocałował namiętnie, wręcz agresywnie. Jego palce znów drażniły i pociągały moje sutki. Jęknęłam głośno i zawstydzona spróbowałam powstrzymać kolejny jęk.

– Nie rób tego – zabronił mi, śmiejąc się cicho. – Nawet nie wiesz, jakie to podniecające. Przestań się w końcu kontrolować – szeptał.

Jego usta ssały i całowały kolejne centymetry mojej skóry. Między pocałunkami Jonasz zaglądał mi w oczy. Już nawet nie byłam zażenowana; rozkosz przegnała wstyd. Patrzyłam na niego jak zahipnotyzowana. Dotarł do pępka, pieszcząc go czubkiem języka, ściągnął ze mnie majtki. Delikatnie przesunął palcem po najwrażliwszej części mojego ciała. Rozchyliłam uda. Niczego tak nie pragnęłam jak jego dotyku tam, gdzie pulsowałam i nabrzmiewałam coraz bardziej. Jego spojrzenie przewiercało mnie na wylot. Znowu uśmiechnął się z satysfakcją.

– Bardzo ładnie. Rozszerz nogi jeszcze bardziej. – Zrobiłam to, a on uklęknął między moimi udami i przysiadł na piętach. – Chcę chwilę popatrzeć – powiedział i wpatrywał się w moją kobiecość, gładząc ją jednym palcem. Potem wsunął go do pochwy i zaczął zataczać w środku kółka. – Jesteś bardzo wilgotna – szepnął i po chwili wsunął drugi palec.

– Jonasz – mruknęłam – zaraz oszaleję.

Dostrzegłam jego minę: kogoś bardzo z siebie zadowolonego.

Wyjął ze mnie palce i obsunął się niżej. Poczułam oddech między udami, a potem lekki pocałunek.

– Teraz cię trochę wyliżę – poinformował mnie, a jego ciepły język przesunął się wolno od wejścia do pochwy w stronę łechtaczki.

– Przestań! Nie! Tak! – wyrzuciłam z siebie sprzeczne prośby. – Nie wytrzymam, Jonasz. Zaraz dojdę! – I nie jęk się ze mnie wydobył, ale skowyt bolesnej rozkoszy.

– Poczekaj, chciałbym possać jeszcze łechtaczkę – usłyszałam spokojny głos naukowca przeprowadzającego badanie na żywym organizmie. Ale nie był taki niewzruszony, jakby się mogło wydawać. Oddychał równie szybko jak ja. Przerwał pieszczotę-torturę i spojrzał na mnie wzrokiem przepełnionym pożądaniem. Oczy mu błyszczały jak szmaragdy.

– Jonasz, proszę! – krzyknęłam nagląco.

– Tak, kochanie?

– Liż, ssij, pchaj, ale nie przestawaj!

I znów poczułam jego ciepły, lekko szorstki język na swoich dolnych wargach, a potem usta biorące w niewolę łechtaczkę, którą ssał i lizał. Najpierw delikatnie, a potem coraz mocniej i gwałtowniej. Zatracił się w tym ssaniu, a ja zwijałam się, miotałam z boku na bok, jęcząc i skowycząc jak zwierzę. Zbliżałam się do szczytu, zaraz, za chwilę. Już! Odczułam całą gamę hedonistycznej przyjemności, a orgazm wciąż trwał i trwał. Prawie usiadłam, krzycząc i dosięgając palcami ramion Jonasza. Wbiłam w nie paznokcie. Trzymałam się go, gdy spadałam, toczyłam w dół, wciąż czując rozkosz, choć słabszą i cichszą niż na samym szczycie.

Jonasz wyjął głowę spomiędzy moich ud i wpił się we mnie spojrzeniem.

– Cholera...

Z trudem łapałam oddech. Jonasz uśmiechał się zwycięsko.

– Wiem, kochanie.

Przywarł do mnie całym ciałem. Przywarł i wypełnił sobą. Jego nabrzmiały penis wsunął się we mnie i moje podniecenie znów zaczęło narastać. Nim zdążyłam się zdziwić, jak to możliwe, Jonasz wepchnął mi gwałtownie język do ust i niecierpliwie szukał mojego języka. Całował mocno, agresywnie, po czym utkwił we mnie spojrzenie. Lubił patrzeć, lubił śledzić wzrokiem każdą zmianę na mojej twarzy; wyłapywał każde drgnięcie, skrzywienie, mrugnięcie, trzepotanie rzęs. Oddychał głośno, dyszał, napierając coraz mocniej, szybciej, głębiej, bez opamiętania! On też się zatracił. Jęknął, a potem z naszych ust wydobył się krótki wspólny krzyk. W jego oczach było szaleństwo, gdy opadł na mnie całym ciężarem, wtulając głowę w moją szyję. Tak intensywna ekstaza wykończyła nas, pozbawiła sił.

– To był dopiero początek naszej podróży, kochanie – szepnął.

Wkrótce oboje pogrążyliśmy się we śnie.

Podniosłam powieki. Jonasz spał, przytulając mnie mocno do siebie. Obróciłam lekko głowę, by dojrzeć wiszący w głębi pokoju zegar. Jonasz drgnął, ale nie wypuścił mnie z objęć.

– Witaj na pokładzie mojego pociągu – wyszeptał i cmoknął mnie w czoło, a potem poszukał moich warg. Całował długo i delikatnie. Jego język bawił się z moim. Znów poczułam dreszcz przeszywający całe ciało. Gdy skończył igraszki, wpatrywał się w moje oczy. Badał, sprawdzał, czekał.

– Jonasz – odezwałam się cicho. – Muszę wstać. Przerwałam pracę, ale muszę skończyć to, co sobie zaplanowałam na dziś.

– Mam nadzieję, że nie żałujesz tej zwłoki? – W jego tonie wychwyciłam cień obawy.

– Nie. To był najlepszy orgazm w moim życiu. Nie miałam pojęcia, że takie cuda są w ogóle możliwe.

W kącikach jego ust pojawił się uśmiech, a w oczach triumf.

– A więc zgadzasz się na tę podróż? – spytał i nim zdążyłam otworzyć usta, przykrył je dłonią, dodając szybko: – Proszę cię, powiedz, że tak. Bardzo mi na tym zależy.

– Tak, ale bez zaangażowania – odparłam, sama nie wierząc, że to powiedziałam.

– Nie tak dawno się zaangażowałaś – stwierdził. – Zaufałaś mi. A teraz chcesz uprawiać seks na zimno? Bez uczuć? – pytał poirytowany. – Jaki to ma sens?

– Mogę zaangażować się w nasze doznania fizyczne, zanurzyć się w nie, zagłębić, ale nie zamierzam się w tobie zakochać, nie wolno mi dla własnego dobra – wyznałam, po raz kolejny zdumiona swoją szczerością. – Mówię o tym, bo u kobiet często jedno z drugim idzie w parze. Albo najpierw się zakochują, a potem kochają, albo na odwrót. Co zresztą niektórym facetom zupełnie nie odpowiada – tłumaczyłam pokrętnie. – Miłość im nie odpowiada.

– Mnie by odpowiadała. Jestem spragniony prawdziwych uczuć. – W jego spojrzeniu złość mieszała się z rozczarowaniem. Mimowolnie się roześmiałam. – Śmiejesz się ze mnie? – zapytał nieco urażony.

– Tak – odparłam wesoło.

– A co cię tak bawi? – wycedził.

– Nie możesz, ot tak, uprawiać seksu z ledwie sobie znaną kobietą, a potem wymagać od niej, by cię pokochała. – Znów się roześmiałam. – To tak nie działa.

– Monia, ja się do tej pory ostro pieprzyłem, bez jakiego-kolwiek zaangażowania. Nie pamiętam nawet dobrze twarzy tych kobiet. Były jedynie narzędziem prowadzącym do celu, do osiągnięcia fizycznej przyjemności. I niczym więcej – wyznał z bezwstydną szczerością. – Nie pamiętam, jak miały na imię. Nie kochałem żadnej z nich i one nie kochały mnie. Szukałem wciąż nowych wrażeń i je znajdywałem. Ale teraz chciałbym ich doświadczać z jedną osobą, przy obopólnym zaangażowaniu. Czy to takie dziwne?

– Nie, chyba nie – zaszemrałam. Zaskoczyła mnie nie tyle jego otwartość, co rodzaj pragnienia. Jonasz chciał związku.

– To w czym problem? – zapytał, nie kryjąc złości i siadając gwałtownie na łóżku.

– Zaangażowanie w miłość fizyczną to jedno, a zaangażowanie uczuciowe to zupełnie inna sprawa. Tego drugiego nie mogę ci ofiarować, a tego pierwszego nie chcę za wszelką cenę. Zapominasz, że nie można nikogo zmusić do miłości. Albo się kogoś kocha, albo nie.

– Wiem. – Nadal był zły. – Ale chcę tego doświadczyć. Z tobą – dodał stanowczo. – Chcę wiedzieć, jak to jest. Więc może po prostu się przede mną nie broń. Tylko o tyle proszę.

Wsłuchiwałam się w jego słowa, starając się zrozumieć ich sens. W życiu nie spotkałam faceta, który oprócz seksu chciałby także miłości – i to zaledwie po paru dniach znajomości. A na dodatek wydaje mu się, że może ją dostać na zawołanie.

– Jonasz, pomijając fakt, że ja stanowczo nie chcę zaangażować się uczuciowo, to teraz nawet nie potrafię powiedzieć, czy bym się zaangażowała, gdybym chciała. Uczucie rodzi się w sercu, w duszy – próbowałam wyjaśnić mu sprawy dla innych oczywiste. – Nie mamy większego wpływu na nasze uczucia. Nie możemy sobie powiedzieć: dziś pokocham tego chłopaka w niebieskiej koszuli, a za pół roku tamtego blondyna, który gra w kosza. Nie rozumiesz?

– Oczywiście, że rozumiem! – krzyknął, wściekając się nie wiadomo o co. Wstał i zaczął nerwowym krokiem przemierzać pokój. – Jestem jednak pewien, że mógłbym w tobie wzbudzić uczucie, gdybyś mi na to pozwoliła.

– Dlaczego ja? – Usiadłam i obserwowałam bacznie jego ruchy.

Nie zaskoczyło go to pytanie.

– Ponieważ już od jakiegoś czasu dojrzewałem do takiej miłości, a gdy cię zobaczyłem w klubie, zrozumiałem, że pragnę jej tylko z tobą. Wcześniej nigdy czegoś podobnego nie czułem.

– Naprawdę nie kochałeś dotąd żadnej kobiety?

– Nie. Zawsze to było tylko ostre pieprzenie. – Zatrzymał się gwałtownie i spojrzał mi prosto w oczy.

– Więc może ktoś kochał ciebie, tylko o tym nie wiedziałeś?

– W takim razie to bez znaczenia. Chcę o tym wiedzieć i chcę to czuć – powiedział stanowczo.

Wzięłam głęboki oddech.

– Jonasz, powiedziałam ci uczciwie, na co mogę się zgodzić. Seks i nic więcej.

Napiął mięśnie, a jego dolna szczęka zadrżała. Zacisnął mocno zęby.

– Na początek dobre i to – warknął. – Ale, kurwa, przynajmniej się nie broń przed tym zaangażowanym seksem! –

40

krzyknął. Po chwili złagodniał, jakby wyczuł, że przesadził. Zbliżył się do łóżka i usiadł obok mnie.

Przeraziła mnie jego reakcja. Boże, w co ja się pakuję? W jakiś chory układ z zaburzonym emocjonalnie facetem! Czy na pewno tego chcę? Tak. Pragnę fizycznych doznań w jego ramionach, chcę czuć jego ciało na sobie, w sobie, jego dłonie na moich piersiach, a jego usta w najbardziej intymnych miejscach. Tylko tyle i aż tyle. Nic więcej. Na wspomnienie przeżytego orgazmu momentalnie pokryłam się gęsią skórką. Moje ciało musiało zareagować wyczuwalnie dla Jonasza, bo wcześniejsze wzburzenie zastąpiło typowo męskie zadowolenie. Przytulił mnie mocno do siebie.

– Wylizać ci? Wyliżę – szepnął mi do ucha. – Wspaniale na to reagowałaś.

Mój oddech przyspieszył. Jego też.

– Tak – odpowiedziałam.

– Ale zrobimy to teraz inaczej – zdecydował. Pocałował mnie szybko, a potem przewrócił na brzuch i pociągnął za nogi, tak że łokciami oparłam się o brzeg łóżka. Klęczałam z pośladkami wypiętymi w stronę Jonasza.

– Rozsuń nogi, szeroko.

Zrobiłam, co kazał. Szybkim ruchem wsunął mi dwa palce do pochwy, ugniatając jej ściany.

– Tak szybko robisz się mokra – mruknął z nutą triumfu.

Mieszał palcami tak długo, dopóki nie usłyszał moich jęków. Wtedy zaczął to robić mocniej, intensywniej, by wydobyć ze mnie głośniejsze skomlenie. Gdy osiągnął swój cel, zastąpił palce językiem. Początkowo poruszał nim wolno i delikatnie, potem natarł silniej, aż wessał się we mnie, wpił w moje soki jak umierający z pragnienia. Wiłam się, jęczałam, skomlałam, krzyczałam!

– A teraz cię zerżnę, Moniko – wydyszał, z trudem łapiąc oddech. – Będę cię pieprzył naprawdę ostro! – dodał, sapiąc i wszedł we mnie od tyłu. Nie położył mi dłoni na biodrach, ale mocno objął mnie w pasie i przylgnął torsem do moich pleców. Czułam go bardzo głęboko. Wsuwał się i wysuwał, silnie, energicznie, zachłannie. I pchał, i pchał, a ja zatracałam się w nim, w jego ruchach, w sobie, wybuchając orgazmem prawie równo z nim. Gdy eksplodował we mnie, krzyknął:

– Kurwa! Monika! Monia!

I osłabł, wyczerpany. Opadł na dywan koło łóżka, przygarniając mnie do siebie. Usiadłam mu na udach i wtuliłam głowę w zagłębienie jego szyi. Mogłabym tak trwać bez końca.

– Kurwa. Monika. Ale to było ruchanie. Kosmos. Kurwa, to był kosmos! – wyrzucał z siebie pojedyncze słowa, wciąż z trudem łapiąc dech.

Roześmiałam się cichutko, a on spojrzał na mnie pytającym wzrokiem.

– To, co mówisz, brzmi mało romantycznie.

– Na tak ostre pieprzenie romantyczne słowa są za delikatne, a wszystkie inne za mało dobitne. Nie ma słów, żeby to, kurwa, opisać – wyjaśnił, a ja przytuliłam się do niego jeszcze mocniej, naga i zaangażowana bez reszty w naszą wspólną podróż.

Rozdział piąty

Po krótkim śnie wzięliśmy szybki prysznic. Oddzielnie.

– Jeśli za chwilę stąd nie wyjdziesz, wywalą mnie z pracy, bo nie zrobię na czas swojej roboty – powiedziałam, śmiejąc się i protestując przeciwko wspólnemu myciu. Przecież wystarczyłoby, żeby mnie dotknął, i znowu byłabym gotowa, a niczego bardziej nie pragnęłam, niż po raz kolejny zatracić się w Jonaszu, z Jonaszem. Ten chory emocjonalnie mężczyzna obudził we mnie coś, o czym nie miałam pojęcia; nie wiedziałam, że w ogóle istnieje.

Pospiesznie założyłam domową sukienkę i rozczesałam włosy. Jonasz wyszedł spod prysznica zupełnie nagi i nie spuszczał ze mnie wzroku. Zazdrościłam mu tego braku skrępowania i pewności co do własnego ciała. Uśmiechnął się zaczepnie.

– Nie rób tego! – Pogroziłam mu palcem. – Nie rób tego, Jonasz. Muszę wykonać plan dnia.

– Coś wcześniej wspominałaś. Masz swój plan dnia? Jak dorosła pani? – zażartował.

– Tak, planuję poszczególne etapy swojej pracy i zawsze dotrzymuję terminów. Jestem uważana za najsolidniejszego pracownika – odparłam, chwaląc się równocześnie. W tej kwestii nie miałam kompleksów. Mąż mnie rzucił, wymienił na młodszy model, ale zawodowo czułam się doceniona.

– Jestem z ciebie dumny – rzekł, wciągając dżinsy.

Patrzyłam, jak się ubiera. Faktycznie nie miał się czego wstydzić. Chłonęłam widok jego ciała: szeroki, gładki tors, pięknie wyrzeźbiony brzuch o seksownie zarysowanych mięśniach, mocne uda, długie nogi, zgrabny tyłek. Przechwycił moje zachwycone spojrzenie.

– Aż tak bardzo ci się podobam? – spytał z lekko kpiącym uśmieszkiem.

– Tak – przyznałam szczerze. – Jeśli chodzi o twoje ciało, jesteś doskonały. Jak grecki bóg. Chodzisz na siłownię?

– Owszem, ale do tej pory ćwiczyłem wyłącznie dla siebie. Teraz zamierzam to zmienić. Będę ćwiczył dla ciebie.

– Czuję się zaszczycona. – Skłoniłam głowę.

– Nawet nie wiesz, jaki żar bił z twoich oczu, gdy na mnie patrzyłaś. Uwierz mi, dla takiego spojrzenia warto wylać na siłowni siódme poty – odparł, mrużąc oczy i przekrzywiając głowę. Jego wzrok przeszywał mnie na wskroś. Znowu badał, sprawdzał.

– Jonasz, cielesność to nie wszystko. Ja naprawdę tak myślę.

– Może nie wszystko, ale moja nie jest ci obojętna. Wręcz przeciwnie. Podnieca cię, rozbudza twoje ciało, co może być punktem wyjścia do obudzenia innego twojego mięśnia – mówiąc to, nie spuszczał ze mnie wzroku.

– Innego mięśnia? Niby jakiego? – nie zrozumiałam.

– Twojego serca, Moniko.

Wciągnął przez głowę koszulkę, założył skarpetki i buty. Włosy wciąż miał wilgotne. Słowo daję, że mogłabym się tak na niego gapić bez końca. Rozsądek podpowiadał jednak, że trzeba wziąć się do pracy. Dobrze, że w ogóle cokolwiek udało mi się dzisiaj zrobić. Nie lubiłam pracować popołudniami i wieczorami. Rano miałam wypoczęty umysł, wszystko szło mi szybciej, byłam bardziej kreatywna.

– Monia – z zamyślenia wyrwał mnie głos Jonasza. – Ktoś dzwoni do drzwi. Mam otworzyć?

– Nie, sama to zrobię – odparłam i ruszyłam w kierunku drzwi wejściowych, ciekawa, kto to może być. Nikogo się nie spodziewałam.

– Cześć. – Na progu stał Krzysiek.

– Cześć – odpowiedziałam.

– Nie wpuścisz mnie do środka?

– A stało się coś? Mogłeś uprzedzić, że przyjdziesz.

– Dzwoniłem chyba z dziesięć razy. Nie odbierałaś. Pewnie znów gdzieś posiałaś komórkę i nie słyszałaś. Mówiłem ci, żebyś się w końcu nauczyła kłaść ją na biurku, gdy pracujesz. Potrzebuję dokumentów dotyczących mojej pracy. Nie wziąłem ich przy przeprowadzce. Nie sądziłem, że będą mi kiedyś potrzebne, ale jednak są. Powinny leżeć na pawlaczu, w tym dużym niebieskim pudle. Nie wyrzucałaś niczego? – upewnił się.

– Nie. Nie miałam czasu się tym zająć. Do pawlacza prawie nie zaglądam. Są tam tylko twoje rzeczy.

– To znaczy, że mam szczęście. – Odetchnął z ulgą. – Wpuścisz mnie w końcu do środka? – spytał zniecierpliwiony, wędrując wzrokiem w głąb mieszkania. Nagle na jego twarzy odmalowało się zaskoczenie, podszyte złością. Odwróciłam się. Za moimi plecami w pewnej odległości stał Jonasz. Jego spojrzenie było lodowate.

– Wejdź – powiedziałam do Krzyśka. – To Jonasz, a to Krzysiek, mój eksmąż.

– Czarnecki. – Jonasz wyciągnął przed siebie dłoń, ale jego wzrok nie ocieplił się ani trochę.

– Michalski – przedstawił się mój były. – Czy jesteś... tym – położył nacisk na zaimek – Jonaszem Czarneckim?

– Owszem – padło chłodne potwierdzenie.

Nie wiedziałam, o czym mówią. Nigdy wcześniej nie słyszałam o żadnym Jonaszu Czarneckim. Co miało oznaczać „ten Jonasz Czarnecki"? Czyżbym zadawała się z jakimś celebrytą?

– Muszę się zbierać, ale jeśli chcesz, żebym został, to powiedz. Wykonam kilka telefonów i zostanę. – Jonasz przyglądał mi się bacznie.

– No coś ty. Nie ma takiej potrzeby. Idź. Ja też muszę wreszcie wziąć się do roboty.

– W takim razie do zobaczenia, maleńka – powiedział, ale nim wyszedł, pocałował mnie. Bardzo namiętnie. Ot, taka męska demonstracja władzy i posiadania.

Skuteczna. Krzysiek zamarł. Stał jak osłupiały, przypatrując się intymnej scenie. Gdy za Jonaszem zamknęły się drzwi, odczekał chwilę, a potem krzyknął:

– Czyś ty do reszty oszalała?! Wiesz, kto to jest?!

– Wiem, Jonasz Czarnecki.

– Wiesz, czym się zajmuje?!

– Pracuje w hotelarstwie – odparłam, ciesząc się, że posiadam tę wiedzę i nie wyjdę przed Krzyśkiem na idiotkę.

– W hotelarstwie – prychnął. – Jest właścicielem kilkunastu hoteli w całej Europie. I kasyn! – dodał, kipiąc ze złości.

Poczułam się zaszokowana tymi nowinami, ale udawałam, że nie robią na mnie wrażenia.

– I to cię tak irytuje? – spytałam.

– W tych hotelach pierze się brudne pieniądze! Nic mu nie mogą zrobić. Ma całe miasto w kieszeni, policję, sędziów, prokuratorów, wszystkich! Na dodatek działa pod legalną przykrywką i robi to znakomicie!

– Skąd ty masz takie informacje? – zdziwiłam się. – Normalny człowiek raczej się w takich sprawach nie orientuje.

– Chyba że od lat wszyscy o tym gadają. Tylko ty jak zwykle nic nie wiesz.

– Ludzka zawiść – burknęłam lekceważąco, choć zaniepokoiły mnie słowa Krzyśka.

– Zerwij z tym facetem jak najszybciej – polecił. – Jeśli nie jest jeszcze za późno.

– Jonasz do niczego mnie nie zmusza. – Odruchowo stanęłam w jego obronie i chyba również w swojej.

– Więc go zostaw! Przecież praniem brudnej kasy nie zajmują się uczciwi obywatele. – W jego tonie złość mieszała się z drwiną. – Nika, on ma powiązania z półświatkiem! Czy ty, kurwa, nic nie rozumiesz?! Gdzie ty go w ogóle poznałaś, kobieto?! – huczał.

– W nocnym klubie – odparłam, wzruszając ramionami. – I nie krzycz na mnie – upomniałam go.

– W nocnym klubie?! – Nie mógł uwierzyć. – Od kiedy to chodzisz do nocnych klubów?

– A co, myślałeś, że będę siedzieć na dupie i wiecznie opłakiwać twoje odejście?! – zawołałam. – Mam teraz swoje życie i mogę z nim robić, co mi się podoba! A tobie gówno do tego!

Otworzył usta ze zdziwienia. Stał i gapił się, jakby mnie kosmici podmienili. Jakbym to nie była ja: stara, dobra Nika...

– Widzę, że dużo się zmieniło – wydukał w końcu. – Nasze rozstanie było ci chyba na rękę – stwierdził, nie ukrywając rozczarowania.

– Owszem – odparłam z kamienną twarzą. – W chwili obecnej jest mi bardzo na rękę. To ty mnie zostawiłeś – przypomniałam. – Więc nie muszę się chyba przed tobą tłumaczyć z mojego życia erotycznego.

Pokręcił z niedowierzaniem głową.

– Kurwa, przecież on może mieć każdą laskę. Dlaczego wybrał właśnie ciebie?

Poczułam ukłucie w sercu. Jego słowa dotknęły mnie do żywego. A dlaczego nie? Czy ja jestem jakaś gorsza? Pewnie jestem. Nie chodzę w markowych ciuchach. Jeżdżę starym fordem. Nie bywam na wystawnych przyjęciach. Sama sprzątam i gotuję – choć coraz częściej zamawiam jakieś parszywe żarcie przez telefon, bo dla jednej osoby nie chce mi się starać. Zarabiam i opłacam rachunki. Do tej pory wydawało mi się, że radzę sobie całkiem nieźle; w końcu płacą mi więcej, niż wynosi średnia krajowa. No ale w porównaniu z właścicielem kilkunastu hoteli w całej Europie wypadałam blado.

– Nika. Komórka – burknął Krzysiek.

– Słyszę, już odbieram. – Podeszłam do biurka.

Kątem oka zauważyłam jego uniesione brwi. No cóż, tym razem, gdy telefonował, komórka grzecznie leżała na biurku, obok laptopa. To ja byłam niegrzeczna i zajęta.

I chyba zagubiona w tym wszystkim.

– Słucham?

– Poszedł już? – dobiegł mnie głos Jonasza. Nieco zesztywniałam. Bo skąd on, do cholery, wziął mój numer telefonu?! Na pewno nie miał go ode mnie. Gdyby poprosił, pewnie bym mu podała, ale nie zapytał.

– Tak, poszedł – odpowiedziałam cicho, oddalając się, by Krzysztof nie słyszał, co mówię.

– Kłamiesz. Czy wszystko w porządku, Moniś?

– Oczywiście.

– To dlaczego kłamiesz? Nie rób tego więcej. – Jego ton był surowy.

– Wszystko w porządku. Muszę się teraz rozłączyć.

Skończyłam rozmowę i przez chwilę wpatrywałam się w komórkę, nie wiedząc, co myśleć. Czy Jonasz właśnie zaczął mnie kontrolować? Ja miałam się otworzyć, przestać pilnować i bronić przed nim, a w zamian za odwagę on zacznie sterować moim życiem?

– To był on? – Krzysiek stanął za moimi plecami.

– Czy to ma jakieś znaczenie? – spytałam poirytowana. – Weź drabinkę, stoi na balkonie, i poszukaj na pawlaczu tych swoich pieprzonych dokumentów. Ja muszę wreszcie popracować – oświadczyłam stanowczo i usiadłam przed laptopem.

Długo nie mogłam zebrać myśli, ale w końcu się udało. Krzysiek grzebał w papierach, ale od czasu do czasu czułam na sobie jego wzrok. Chyba się martwił, prawem byłego męża, prawem dawnego pana i władcy. Rozsądnie poprzestawał jednak na badawczej obserwacji, nie zagadywał mnie. Wiedział, jak się wściekałam, gdy przeszkadzano mi w pracy.

Jeszcze dwa lata temu mieszkaliśmy razem. Kochałam go. Był moim mężem, jedynym ważnym facetem w moim życiu. Ci przed nim nic nie znaczyli; krótkie fascynacje i kilka niewinnych pocałunków. Jemu oddałam całe serce, ciało, a on mnie zranił. Bardzo. Dlatego postanowiłam: żadnych więcej związków uczuciowych, będę się przed nimi broniła rękami i nogami. Pragnęłam stabilizacji i spokoju. A kiedy zaczęłam to osiągać, na mojej prostej jak stół drodze, bez zakrętów niespodzianek i zawirowań emocjonalnych, stanął Jonasz. I wszystko się skomplikowało.

– Część znalazłem – oznajmił Krzysiek – ale nie wszystko. Wpadnę jeszcze. Zadzwonię, ale jeśli będziesz miała ważniejsze sprawy na głowie niż odbieranie telefonów ode mnie, tak jak dziś, to przyjdę bez uprzedzenia.

– Daruj sobie złośliwości. Jak tam Daniel? – spytałam o synka Krzyśka i Julki.

– Dobrze. Miał fantastyczny tort na drugie urodziny.

– Julka zrobiła? – zdziwiłam się.

– Nie, zamówiliśmy, ale był przepyszny.

– To się cieszę. Pozdrów małego.

– Do zobaczenia.

– Cześć – odparłam i gdy Krzysiek wyszedł, wróciłam do pracy.

Po kilku godzinach, zmęczona i zadowolona, że udało mi się wykonać plan dnia, postanowiłam się położyć. Przebrana w piżamę, miałam właśnie wskoczyć do łóżka, gdy zabrzęczał dzwonek do drzwi. Cholera jasna! Co ich dzisiaj wszystkich napadło, żeby składać mi wizyty?!

– Kto tam? – burknęłam nieprzychylnym tonem. Byłam tak wykończona, że nawet mi się w wizjer patrzeć nie chciało.

– To ja, Nadia. Otwórz.

– Jestem padnięta. Nie mam nastroju i założyłam już piżamę. Stało się coś? – marudziłam, wpuszczając ją jednak do środka.

– Nie. I nie będę długo. Chciałam chwilę pogadać – powiedziała, rozsiadając się w fotelu i ściągając żakiet.

– O czym chcesz rozmawiać? – spytałam, sadowiąc się na kanapie i podkulając nogi pod siebie.

– Wtedy gdy po imprezie w klubie nocnym pojechaliśmy do Marcela, długo rozmawiałaś z Jonaszem – zaczęła prosto z mostu, ale wyczułam wahanie. – Tylko rozmawialiście?

– Tak – odparłam zgodnie z prawdą.

– Nie spaliście ze sobą?

– Zaskakujesz mnie swoją bezpośredniością. Spaliśmy obok siebie. Ty z Dominikiem także? – zapytałam złośliwie.

– Nie – wyznała. – Pieprzyliśmy się, ale to bez znaczenia, i dla mnie, i dla niego.

– Bez znaczenia? – zdziwiłam się.

– Monika, przecież wiesz, że w tych sprawach się różnimy. Jestem inna niż ty. Chciałam się dowiedzieć, czy będziesz na mnie bardzo wściekła, jeśli spróbuję zbliżyć się do Jonasza. Mam nadzieję, że nie. Tysiąc razy powtarzałaś, że przygodny seks cię nie interesuje, a w związki uczuciowe z facetami nie zamierzasz się pakować, ale jesteś moją przyjaciółką, więc musiałam zapytać – pytlowała nieco nerwowo.

Ja też nie byłam spokojna. Moje serce gwałtownie przyspieszyło. Miałam wrażenie, że wali tak głośno i szybko, iż Nadia zaraz je usłyszy i wszystko stanie się jasne. Nie chciałam jej oddać Jonasza. Za nic w świecie! I nie życzyłam sobie, by próbowała się do niego „zbliżyć". Najchętniej bym jej tego kategorycznie zabroniła. Doskonale zdawałam sobie sprawę, jaka jest atrakcyjna. Jeszcze nie spotkałam faceta, który potrafiłby się jej oprzeć.

– Chcesz się z nim pieprzyć? – zapytałam oschle.

– Też. – Roześmiała się. – Ale to mężczyzna, z którym mogłabym się związać na dłużej i na poważniej – wyrzuciła z siebie, a jej oczy zalśniły rozmarzeniem.

O cholera! Co ona bredzi? Na rozum jej padło czy co? Zagięła parol na Jonasza i oczekuje mojej zgody oraz błogosławieństwa? Poczułam strach.

– Nadia, nie wierzę własnym uszom – wydukałam. – Zawsze mówiłaś, że chcesz być singielką, kobietą niezależną, a facetów potrzebujesz jedynie do łóżka, ewentualnie do luksusowych zakupów.

– Bo nigdy nie spotkałam takiego mężczyzny. Przystojny, bogaty, a za moje luksusowe zakupy płaciłby do końca życia.

– Interesuje cię w nim jedynie jego kasa? – Nie mogłam uwierzyć w aż tak cyniczną interesowność przyjaciółki.

– Nie, nie tylko. Jest po prostu boski! – zapiszczała z zachwytu.

– Skąd wiesz, że będzie zainteresowany? – spytałam, wściekła na Nadię jak cholera.

– Monika, no proszę cię. – Spojrzała na mnie z politowaniem. – Jeszcze się nie zdarzyło, żeby jakiś facet nie był mną zainteresowany.

Miałam ochotę udusić ją gołymi rękami. Zawsze zazdrościłam Nadii tej pewności siebie na granicy pychy, tego niezachwianie wysokiego mniemania o własnej osobie, ale teraz mnie wkurzyła. Myśli, że jak ma ładną buźkę, której nawet tony tapety nie zeszpecą, a pod seksownymi ciuchami kryje się naprawdę ekstra laska o naturze zdziry, to żaden samiec jej nie odmówi? Szlag! I słusznie myśli. Do tej pory miała każdego faceta, jakiego zechciała. Na skinienie paluszka. Poczułam, jak żal na spółkę ze smutkiem ściskają mi serce. Ten niby uśpiony mięsień bił i już bolał, choć jeszcze się nie zakochałam. A gdybym poddała się miłości? Co by było? Pogrom, porażka, tragedia.

„Kurwa, przecież on może mieć każdą laskę! Dlaczego wybrał właśnie ciebie?" – wróciły do mnie jak bumerang słowa Krzyśka.

Ja także zadałam Jonaszowi to pytanie i odpowiedział. Ale czy mówił prawdę? A może się mną bawił? Może to taki kaprys znudzonego bogacza i donżuana, który postanowił pobawić się szarą myszką, dla odmiany po tych wszystkich pięknych kocicach pokroju Nadii?

– Z mojej strony masz wolną rękę. Rób, co chcesz – wyrzuciłam z siebie jednym tchem.

– Jesteś kochana! – Nadia błyskawicznie znalazła się obok mnie na kanapie, obejmując ramionami. W tym momencie po raz kolejny tego dnia zabrzęczał dzwonek u drzwi.

Rozdział szósty

Mam nadzieję, że tego palanta już nie ma – powiedział Jonasz, całując mnie krótko i mocno. Nie pytając o pozwolenie, wszedł do środka.

– Cześć, Jonasz. – Nadia rozpłynęła się w uśmiechu na jego widok.

Przełknęłam ślinę. Była śliczna, nawet gdy miała kaca. A teraz jej uroda wręcz biła po oczach.

– Witaj, Nadiu – odparł, siadając na kanapie i szczerząc się radośnie do mojej zjawiskowej przyjaciółki.

Tworzyli parę jak z reklamy. Oboje piękni, wyluzowani, promienni. Byłam bez szans! Oczywiście gdyby mi na jakichś szansach zależało. Bo na co mogłabym liczyć? Ja i taki facet? Zapomnij, Nika. Zapomnij, Monia, Moniś, czy jak cię tam jeszcze nazwie. Kopciuszek tylko w bajce oczarował księcia. Niemniej zabolało, że Jonasz potraktował mnie jak zabawkę, o której momentalnie zapomniał, gdy na horyzoncie pojawiła się nowa, ładniejsza. Zrobiło mi się tak przeraźliwie smutno, że poczułam łzy pod powiekami. Musiałam je powstrzymać. Nie chciałam się rozpłakać przy Jonaszu. Grunt to samokontrola.

Jednak przysłuchując się ich rozmowie, z coraz większym trudem nad sobą panowałam. Nadia przechodziła samą siebie, szczebiocząc i uwodząc Jonasza niemal każdym słowem, spojrzeniem, gestem. Nie pozostawał jej dłużny. Flirtowali! I kompletnie nie krępowali się moją obecnością. Zero wrażliwości.

Przeprosiłam ich na chwilę, mówiąc, że muszę skorzystać z toalety. Wyszłam pospiesznie z pokoju, wręcz wybiegłam, i gdy tylko oddzieliłam się od nich drzwiami ubikacji, łzy spłynęły mi po policzkach. Po cholerę ja poszłam do tego nocnego klubu? Dlaczego Jonasz się do mnie przyczepił? Może się założył? Takie pytania nie pomagały. Na co mi to? Przecież nie chciałam się angażować uczuciowo w żaden związek. Powiedziałam o tym Jonaszowi. Powiedziałam to Nadii i samej sobie. Więc dlaczego, do ciężkiej cholery, siedzę teraz w kiblu i ryczę? Będzie mi brakowało seksu z nim? Tak, będzie mi brakowało, bo czegoś takiego nigdy nie doświadczyłam. To był kosmos! No ale w końcu to tylko seks. Nieziemski, jednak już bez przesady. Przeżyję, wszak obywałam się bez niego przez trzydzieści dwa lata.

Wytarłam oczy papierem toaletowym, spuściłam wodę i poszłam do łazienki. Przemyłam twarz zimną wodą. Trudno. Zresztą tak będzie lepiej. Im szybciej zerwę z Jonaszem wszelkie kontakty, tym mniej zraniona wyjdę z tego chorego układu. A tak – jedno cięcie i po wszystkim. Tylko dlaczego zraniona? Przecież niby nic się nie stało. Jeszcze! Jonasz to pierwszy mężczyzna, z którym uprawiałam seks bez miłości. Drugi mężczyzna, z którym w ogóle poszłam do łóżka. Więc może tu tkwił problem? Zwyczajnie brakowało mi doświadczenia i pomyliłam boskie rżnięcie z czymś więcej. Stąd to dziwne wrażenie zranienia, skrzywdzenia. Nie chciałam się angażować, ale nic nie mogłam poradzić na fakt, że czułam się fatalnie, podczas gdy oni tam flirtowali.

Teraz musiałam wziąć się w garść, wyjść i jakoś przetrwać ten koszmar.

Nic ci nie jest? – spytała Nadia na mój widok. – Jesteś jakaś blada i oczy masz czerwone.

– Padam na nos po dzisiejszym dniu. Długo pracowałam. Od komputera mi siada wzrok – odparłam, znacząco i tęsknie spoglądając w kierunku łóżka, dawno przygotowanego do snu.

Nie zareagowali, więc usiadłam na kanapie, znowu podkulając nogi pod siebie. Jonasz rzucił mi krótkie, badawcze spojrzenie. Udałam, że nie widzę jego rentgenowskiego wzroku. Ze sztucznym uśmiechem przyklejonym do twarzy wpatrywałam się w Nadię, która nie ustawała w szczebiotaniu. Wtem poczułam męskie ręce na nogach. Jonasz złapał mnie za kostki i pociągnął, opierając moje pięty o swoje udo. Po czym zaczął mi masować lewą stopę. W obecności Nadii! Chryste, co on wyprawia?! Rozmasował duży palec, potem następny i słuchając mojej przyjaciółki, patrząc na nią, masował każdy palec po kolei. Widziałam, jak jej mina rzednie, jak rozpęd szczebiotu słabnie. Nie dała jednak za wygraną.

– Monika jest bardzo zmęczona. Może zostawimy ją samą? – zaproponowała.

– Fakt, jest późno. – Jonasz kiwnął głową. – Nie powinnaś sama wracać do domu. – Ja zamarłam, a Nadia uśmiechnęła się z nadzieją. – Zamówię ci taksówkę.

Zmarkotniała. Nie spodziewała się takiego obrotu sytuacji.

– Zostanę z Moniką – powiedział stanowczo, rozwiewając wszelkie wątpliwości. – Bardzo cię lubię, ale to ona jest wszystkim, czego teraz potrzebuję.

Nigdy wcześniej nie widziałam takiego wyrazu twarzy u Nadii. Smutek mieszał się z niedowierzaniem, zaskoczenie z zazdrością, a upokorzenie ze złością. Ha, wygrałam! I choć zaraz zawstydziłam się własnej radości – przecież to była moja przyjaciółka, nie powinna mnie cieszyć jej porażka – wszechogarniające uczucie triumfu bardzo mi się podobało.

Jonasz zatelefonował po taksówkę. Podjechała szybko i Nadia wyszła, cmokając mnie w policzek i rzucając Jonaszowi zdawkowe „cześć".

– Nigdy więcej mi tego nie rób – odezwał się z naganą w głosie, ledwo trzasnęły drzwi.

– Czego? – spytałam spod półprzymkniętych powiek.

– Dałaś jej zielone światło. Pozwoliłaś, by się do mnie przystawiała.

– Skąd wiesz? – Zaskoczona, szeroko otworzyłam oczy.

– Podobno się przyjaźnicie, a ona nie miała żadnych oporów, by flirtować ze mną w twojej obecności – wyjaśnił, a jego zielone oczy pociemniały od gniewu. – Kiedy byliśmy u Marcela, widziała, że interesowałem się tylko tobą. Skoro dziś tak się zachowywała, musiała mieć twoją zgodę.

– Ty też w tym brałeś udział – wytknęłam mu.

– Zrobiłem to celowo. Za karę. Obiecałem, że nigdy nie skrzywdzę cię pierwszy. Dając Nadii zielone światło, zraniłaś mnie. Chciałem cię ukarać.

– Robiąc to, skrzywdziłeś także Nadię. Tego się nie spodziewała.

– Wiem, ale nie jest mi przykro. I na tym poprzestańmy, biorąc pod uwagę, że to twoja przyjaciółka. Ale zasadniczo nie znoszę takich kobiet – wyznał, a potem nieoczekiwanie zmienił temat: – Płakałaś.

– Nie, jestem wykończona dzisiejszym dniem i dlatego tak wyglądam.

– Kurwa, prosiłem, żebyś mnie nie okłamywała. Nigdy! Płakałaś, bo zabolał cię mój niby flirt z Nadią.

– Tak.

– Dlaczego?

– Nie mam pojęcia.

– Nie chcę ci sprawiać przykrości, ale trochę się z tego cieszę. Twój smutek rodzi we mnie nadzieję, że potrafisz zaangażować się uczuciowo w nasz związek. Tylko, kurwa, daj nam szansę! – Jego głos zabrzmiał groźnie i rozpaczliwie zarazem.

Potem wstał i się rozebrał. Do naga. A potem taki golusieńki wziął mnie na ręce i zaniósł do łóżka. Położył się obok mnie i przykrył nas kołdrą.

– Wiem, że jesteś wykończona. Chcę, byś się wyspała. Mam tylko jedną prośbę.

– Tak?

– Nic nie rób, ułóż się wygodnie, ale patrz mi w oczy.

– Dobrze – odpowiedziałam, wyczuwając jego nabrzmiałą męskość, napierającą na moje udo, a potem ruchy ręką. Onanizował się, przewiercając mnie spojrzeniem.

Patrzyłam, jak zmienia się wyraz jego twarzy, jak oczy zachodzą mgłą, prawie czułam sobą, jak mu dobrze, coraz lepiej. Wczepiłam palce w jego włosy i przyciągnęłam go bliżej. Jęczał, stękał, przeklinał i wciąż wpatrywał się w moje oczy. Delikatnie położyłam rękę na jego dłoni. Błyskawicznie zmienił ich ułożenie i poczułam twardość jego penisa. Objął moją dłoń swoją, przycisnął i teraz oboje pobudzaliśmy jego członka.

– O tak, maleńka! O tak, kochanie! Kurwa, jak mi dobrze! Góra, dół, góra, dół.

– Kurwa! Monia! Jak mi dobrze! – krzyknął, a sperma rozlała się na nasze dłonie.

Przytuliłam go mocno.

– Śpij – szepnęłam.

Wtulił się we mnie jak bezbronne dziecko, a ja oplotłam go nogami i ramionami, i tak złączeni, zasnęliśmy.

Zbudziły mnie promienie słoneczne, które rozświetliły pokój. Wczoraj nie zdążyłam zasłonić okna. Zapowiadał się piękny dzień. Po błękitnym niebie przesuwały się białe chmurki.

Jonasza nie było. Poczułam się rozczarowana. Zerknęłam na ścienny zegar. O kurde. Dopiero szósta rano. Nie miałam w zwyczaju wstawać tak wcześnie. Do komputera siadałam około dziesiątej. To przez słońce, świeciło tak mocno. Miałam wielką ochotę przyłożyć głowę do poduszki i podrzemać jeszcze trochę, ale nieobecność Jonasza mnie rozpraszała. Postanowiłam zrobić kawę i wcześniej siąść do pracy. Przeciągnęłam się, wstałam z łóżka i przechodząc obok biurka, zauważyłam karteczkę.

„Witaj, kochanie. Pomyśl, że cię czule całuję, a jeśli chcesz, bym zrobił to osobiście, czekam na ciebie w parku. Do ósmej. Mam nadzieję, że zbudziło cię słońce. O której zazwyczaj wstajesz, śpiochu? Jest piękny dzień i warto rankiem zaczerpnąć świeżego powietrza".

Jakoś spacer po parku zupełnie mi do Jonasza nie pasował, ale przecież prawie go nie znałam. Jest w parku. Świetnie.

Ale w którym? Chyba w najbliższym. Dłuższą chwilę zastanawiałam się, czy pójść do niego, czy nie. W końcu pomyślałam, że poranny spacer dobrze mi zrobi. Założyłam krótką sukienkę w kwiaty, płaskie buty dla wygody, a na ramiona zarzuciłam sweterek. O wpół do siódmej rano, mimo prawie bezchmurnego nieba, mogło być jeszcze chłodno.

Drogę dzielącą mój blok od parku pokonałam dość szybko. Skręciłam w lewo. Park był pusty; zieleń liści działała kojąco. Wciągnęłam powietrze głęboko do płuc. Poczułam zapach trawy i kwiatów. Przeszłam jeszcze kilka metrów alejką i zobaczyłam go. Siedział na ławce, z szeroko rozłożonymi na boki rękami spoczywającymi na oparciu. Wyprostowane nogi wyciągnął przed siebie, a twarz skierował ku słońcu, którego promienie przenikały pomiędzy gałęziami drzew.

– Witaj, kochanie – powiedział, nie otwierając oczu.

– Skąd wiesz, że to ja?

– Wyczuwam cię na odległość. Nie pomyliłbym cię z nikim innym – odparł i otworzył oczy. Przyglądał mi się spod przymrużonych powiek, przekrzywiając na bok głowę.

– Widzę, że ci tutaj dobrze.

– Teraz, z tobą, jest mi o wiele lepiej. Chodź, chcę cię przytulić.

Podeszłam bliżej i chciałam usiąść obok niego, ale mi nie pozwolił. Chwycił mnie za rękę i pociągnął, tak że wylądowałam na jego kolanach. Pocałował mnie znienacka, wpijając się w moje usta krótko, za to namiętnie. Przytuliłam się, a on objął mnie ramieniem.

– Przełóż nogę – powiedział.

– To niezbyt elegancka pozycja. – Roześmiałam się. – Jeszcze ktoś zobaczy i Bóg wie co sobie pomyśli.

– Nie obchodzi mnie, co myślą inni. Chcę cię czuć. Pragnę mocniej cię poczuć.

Rozejrzałam się dookoła, ale nie było żywej duszy, więc usiadłam na nim okrakiem. Ręce zarzuciłam mu na szyję i przytuliłam się do Jonasza.

– Tak jest znacznie lepiej, nie uważasz? – spytał i odszukał moje usta. Całował tak zachłannie, że aż zabrakło mi tchu. A jego wyraźna erekcja dodatkowo mnie podniecała.

– Chyba musimy pójść do domu i coś z tym zrobić – wyszeptałam, gdy oderwałam się od niego dla zaczerpnięcia oddechu.

– Uwielbiam to, że tak intensywnie na mnie reagujesz. – Uśmiechnął się lubieżnie.

– Uwierz, samą siebie zadziwiam – odparłam, rumieniąc się. – Wiele innych rzeczy też mnie zdumiewa.

– Nie musimy iść do domu – rzekł.

Spojrzałam w jego oczy. Płonęły!

– Chyba nie chcesz zrobić tego tutaj?! – spanikowałam.

– A dlaczego nie? – spytał zachrypniętym głosem.

– W każdej chwili ktoś nas może nakryć.

– Nie sądzę. O tej godzinie ludzie chodzą do pracy, a nie do parku – wymruczał, wkładając mi już rękę między nogi. Odsunął majtki i przesunął palcami wzdłuż wilgotnej, gorącej szparki, a potem wsunął w nią palce, dwa od razu. Uciskał od środka, skrobał i ugniatał. Wkładał i wyjmował, kciukiem masując nabrzmiewający pączek łechtaczki. Zapomniałam, gdzie jestem, zapomniałam o ewentualnych widzach. Cała stałam się odczuwaniem, żądzą szukającą ujścia. Zaprotestowałam jękliwie, gdy wysunął ze mnie palce, gdy zabrał pieszczotę kciuka. Krzyknęłam cicho z zaskoczenia, kiedy jednym ruchem zerwał ze mnie majtki.

– Unieś pupę – polecił, rozpinając rozporek. Wspięłam się na palce, a on uwolnił swojego naprężonego penisa. Wziął go do ręki, nakierował na lepkie wrota i wepchnął do środka, łapiąc mnie za biodra i pociągając w dół. Poczułam się wypełniona i zaczęłam poruszać: góra, dół, góra, dół. Wczepiłam palce w jego włosy.

– Patrz na mnie – zażądał, poprosił.

Pochyliłam się nad nim, tak że pocieraliśmy się nosami. Patrzył na mnie płonącym wzrokiem.

– Tak mi dobrze z tobą – mruczał. – Kurwa, jak mi dobrze.

Jęknęłam przeciągle, bo rozkosz narastała w błyskawicznym tempie.

– Cholera, chyba ktoś idzie – szepnął mi prosto do ust. – Chcesz przestać? – wydyszał.

Poczułam strach, ale on tylko spotęgował podniecenie. O niczym innym nie myślałam tylko o tym, by dojść na szczyt. Nie, nie mogłam teraz przerwać.

– Nie chcę! – Moje ruchy stały się szybsze, gwałtowniejsze. Wpatrywałam się w jego twarz. Jęczał i sapał, ja też byłam u kresu wytrzymałości.

– Jonasz! – krzyknęłam.

– O tak! – zawtórował mi.

Nieśmiało spojrzałam w bok. Nikogo nie zauważyłam, więc odwróciłam głowę w drugą stronę i moim oczom ukazał się mężczyzna w średnim wieku. Gdy spostrzegł, że na niego patrzę, oddalił się pospiesznie, pociągając za sobą psa.

– Jakiś nienormalny. – Byłam jednocześnie oburzona i roztrzęsiona po właśnie przeżytym orgazmie. Jeszcze wszystko we mnie drżało. – Skoro już zobaczył, to dlaczego nie uciekł gdzie pieprz rośnie? Wyobrażasz sobie?! On tu stał i się gapił! Do samego końca! – W oczach Jonasza dostrzegłam iskierki wesołości. – To cię bawi?

– Skoro został, to znaczy, że go to podniecało. Inaczej by nie patrzył.

– Skoro go kręci patrzenie na ludzi, którzy uprawiają seks, to niech sobie pornola wypożyczy.

– Pewnie to nie to samo. – Jonasz uśmiechnął się. Nie wydawał się przejęty faktem, że ktoś nas podglądał. – Spytałem, czy chcesz przestać? Nie chciałaś. Dlaczego?

– Nie wiem. – Wzruszyłam ramionami. – Nie mogłam. Nie potrafiłam przestać. Zupełnie straciłam nad sobą kontrolę.

– Co poczułaś, gdy ci powiedziałem, że chyba ktoś idzie? – Przyglądał mi się uważnie.

– Strach i ogromne pragnienie, by dojść natychmiast, zanim ktoś mi przeszkodzi.

– Miałaś słabszy orgazm?

– Nie, był silniejszy, spotęgowany strachem – odparłam, dopiero teraz zdając sobie z tego sprawę. – I chyba nigdy nie pragnęłam tak szybkiego spełnienia.

– Adrenalina?

– Yhm – mruknęłam, zaskoczona i zawstydzona poniewczasie. W życiu bym się nie podejrzewała o takie skłonności.

– A więc witaj w moim świecie, Moniko. Kocham adrenalinę. Jestem od niej uzależniony.

Rozumiałam poszczególne słowa wypowiadane przez Jonasza, ale ich ogólny sens jeszcze do mnie nie docierał.

– Wracajmy i nie schylaj się po drodze. Nie masz majtek, a skarby, które zakrywa ta krótka sukienka, chciałbym oglądać wyłącznie ja.

Wziął mnie za rękę i ruszyliśmy w stronę domu.

– Wejdziesz na górę, na kawę? – spytałam.

– Chętnie.

– Ale o dziesiątej cię wyproszę. Muszę zarobić trochę pieniędzy na życie.

– Ach, więc będziesz realizowała swój plan dnia? – Wyszczerzył zęby.

– Tak.

– A nie mógłbym leżeć i patrzeć, jak pracujesz? – Przekrzywił głowę i zmrużył oczy.

– Wykluczone. Przy tobie nie mogę się skupić. Poza tym ty również pracujesz – dodałam i natychmiast przypomniały mi się nowiny Krzyśka.

– Tak, pracuję – odparł.

– W hotelarstwie jest nienormowany czas pracy? – spytałam podchwytliwie.

– Dla mnie jest nienormowany – odparł wymijająco.

– Czym się właściwie zajmujesz? – próbowałam pociągnąć go za język.

– To ważne?

64

– A to jakiś sekret? Ty wiesz, że moje biuro zajmuje się projektowaniem i tworzeniem stron internetowych. Nie robię z tego tajemnicy. – Wzruszyłam ramionami.

– Nie od ciebie się dowiedziałem – znowu się wykręcił.

– Gdybyś zapytał, to bym ci powiedziała.

– Monia, przyznałaś, że zadziwia cię, jak reagujesz na moje ciało i że jeszcze wiele innych rzeczy cię zdumiewa – zmienił nagle temat. – Co konkretnie?

– Dlaczego ja mam szczerze odpowiadać na twoje pytania, a ty na moje nie chcesz?

– Odpowiem – mruknął. – Chcę po prostu, byś najpierw mnie poznała. Mnie, czyli Jonasza. Prywatnie, nie zawodowo. A więc? Co cię jeszcze zadziwia?

– Jestem z tobą szczera. Czasem wydaje mi się, że zbyt szczera – odparłam. – Robię i mówię rzeczy, których wcześniej nigdy bym nie zrobiła ani nie powiedziała. Wystarczy, że jesteś obok, że mnie dotykasz, a tracę nad sobą kontrolę. Tak jak dzisiaj. Nie poznaję samej siebie. To mnie przeraża.

– Dlaczego?

– Bo to zupełnie do mnie niepodobne.

– Bardzo ci z tym źle? – W jego głosie wyczułam smutek i rozczarowanie.

– Właśnie największy problem w tym, że to mnie przyciąga jak magnes. Podoba mi się.

– A twoim zdaniem nie powinno?

– Nie powinno.

– Moniś, czujesz tak, bo tkwią w tobie wewnętrzne bariery ukształtowane przez wychowanie albo normy wpojone przez społeczeństwo. To wolno, tego nie wolno. To wypada, tamtego nie wypada robić. Przecież to jedna wielka bzdura! Dlaczego ktoś ma nam narzucać, co wolno, a czego nie? Czy swoimi doznaniami wyrządzasz komukolwiek krzywdę?

– Nie, oczywiście, że nie – odpowiedziałam zdecydowanie.

– To nie odmawiaj sobie prawa do nich. Nikogo nie krzywdzisz, przeżywając coś, co ci sprawia satysfakcję i przyjemność, co pragniesz przeżyć. Zawsze w tobie było to pragnienie, ja je tylko uwolniłem – tłumaczył łagodnie, a potem nieoczekiwanie zmienił ton. – Miałaś orgazmy, sypiając z tym palantem? – spytał sztywno, zaciskając usta w wąską kreskę. Najwyraźniej to pytanie sporo go kosztowało.

– Kilka razy – odpowiedziałam zgodnie z prawdą. – Resztę udawałam – wyznałam nieco zawstydzona.

– I ten kretyn się nie domyślił, że udajesz! – Na twarzy Jonasza pojawiły się skrajne emocje: ulga i rozdrażnienie.

– Nie.

– Przecież gdy cię pieprzę, czuję, fizycznie czuję, jak mięśnie twojej pochwy zaciskają się na moim członku. Czy on, kurwa, w ogóle wie, jak wygląda orgazm u kobiety?!

– Czemu się wściekasz? – nie rozumiałam.

Wzruszył ramionami, jakby nie wiedział, ale potem burknął z niechęcią:

– Właściwie to mnie cieszy.

– Więc skąd irytacja? – drążyłam, nie zamierzając ustąpić. Szczerość za szczerość.

– Bo wchodził w ciebie! Ta myśl doprowadza mnie do szału!

– Lepiej się opanuj. Przecież ty także miałeś wiele partnerek przede mną. W kwestii łóżkowego doświadcze-

nia jestem przy tobie kompletną amatorką – przypomniałam mu.

– One, tamte kobiety... nieważne, ile ich miałem, bo były
tylko środkiem do rozładowania napięcia seksualnego, a ty...
Ty kochałaś tamtego gnoja. – Znowu zacisnął usta, a jego
dolna szczęka lekko poruszała się na boki, jakby zgrzytał zębami. – Chcę, byś pokochała mnie.

– Jonasz, proszę... – Westchnęłam, osłabiona jego uporem. – Przecież wiesz, że tego nie chcę, nie zamierzam... nie
potrafię... Przecież to ustaliliśmy...

– Nie. Ty ustaliłaś, nie licząc się z moim zdaniem, a ja
wciąż proszę: nie broń się przede mną. Nawet nie wiesz, ile
bym dał, żeby twoje serce reagowało na mnie tak, jak reaguje
twoje ciało.

– A jak reaguje? – zapytałam z uśmiechem, próbując
zmienić niewygodny dla mnie temat i rozładować napiętą
atmosferę.

– Zatracasz się. Widzę, jak mnie pragniesz, jak bardzo
chcesz mojego dotyku, moich słów i pieszczot, jak nie możesz się doczekać, bym cię wypełnił i się w tobie poruszał.
To nie jest wyłącznie żądza. Czuję, jakbyś dotąd usychała
z pragnienia, które tylko ja mogę zaspokoić. Nigdy wcześniej
mi się coś takiego nie zdarzyło, z żadną kobietą. A ja czuję
dokładnie to samo w stosunku do ciebie. Bez ciebie usycham.
Tylko że mnie to nie przeraża, Monia. Mnie to fascynuje!

Drżałam. Mówił, a ja dygotałam od budzącego się pożądania. Boże!

– Nie ukrywam, kochałam Krzyśka – wyznałam, obserwując jego twarz. Znowu zacisnął wargi. – Ale nigdy nie wy-

zwolił we mnie tego co ty. Chyba za bardzo się wstydziłam i nie umiałam pójść na całość. Przy tobie też się wstydzę, do chwili gdy zacznie we mnie narastać podniecenie. Potem bariery znikają, a ja przestaję myśleć. Wiem tylko, że w tej chwili jestem twoja i możesz ze mną zrobić, co zechcesz, bo ci ufam i cholernie cię pragnę.

– Jesteś moja – mruknął. – Tylko moja, w każdej chwili, i nikomu cię już nie oddam. Mam nadzieję, że oprócz tego kutasa nie było innych facetów w twoim życiu.

– Pytasz o seks?

– Tak, ale szczególnie interesuje mnie ten połączony z uczuciem.

– Poszłam do łóżka tylko z dwoma mężczyznami, z Krzyśkiem i z tobą.

– O jednego za dużo – warknął.

Roześmiałam się.

– Nie możesz być zazdrosny o przeszłość. To dziecinne, nieracjonalne.

– A jednak jestem, piekielnie, i też mnie to dziwi – odparł poważnie.

– Zgłodniałam. Chodź – wskazałam na osiedlowy sklepik – kupimy sobie wielkie drożdżówki z kruszonką.

Uniósł brwi, ale posłusznie powędrował ze mną do sklepu.

Oprócz słodkich bułek wzięłam sok pomarańczowy i pieczywo. Jonasz bez zastanowienia wyciągnął portfel.

– Ja robię zakupy, więc ja płacę – wyjaśniłam mu oczywistą zasadę.

– Nie – zaprotestował krótko.

Nie chciałam robić przedstawienia w sklepie, więc nie zaoponowałam. Ale gdy wyszliśmy na zewnątrz, nie kryłam złości.

– Co ty, do cholery, wyprawiasz?! Pracuję zawodowo, zarabiam. Nie życzę sobie, żebyś płacił za moje zakupy!

– Nie awanturuj się. Jedna drożdżówka jest dla mnie – odparł ze stoickim spokojem.

– To znaczy, że ja nie mogę cię poczęstować głupią drożdżówką? Zbiednieję?!

– Monia, robisz z igły widły. Od teraz chciałbym płacić za wszystkie twoje zakupy.

Zrobiłam się czerwona na twarzy. Czułam, jak mnie palą policzki, jak krew pulsuje w głowie, aż mi czerwone plamy zaczęły latać przed oczami.

– Nie jestem twoją utrzymanką i nie pieprzę się z tobą za pieniądze – wysyczałam.

Popatrzył lodowatym spojrzeniem, które dosłownie zmroziło mnie do szpiku kości.

– Kurwa, nigdy więcej tak nie mów! Nie traktuję cię w ten sposób. Gdy byłaś żoną tego palanta, też zachowywałaś się tak drażliwie? Też robiłaś aferę, gdy cokolwiek ci kupił?

– To była inna sytuacja – odparłam cicho. – On...

– Nie chcę tego słuchać! – uciął ostro.

Do domu dotarliśmy w milczeniu. Zaparzyłam kawę. Usiedliśmy na kanapie. Drożdżówki z kruszonką nie smakowały tak, jak powinny. Miałam wrażenie, że jem wióry. Atmosfera zrobiła się gęsta. Nieznośną ciszę przerwał sygnał jego komórki. Spojrzał na wyświetlacz, wstał i oddalił się nieco.

– Co jest? – spytał szorstko.

Wsłuchiwał się w słowa rozmówcy, po czym, nawet nie ściszając głosu, zarządził kategorycznie:

– Wypierdol go z pracy! Nie potrzeba nam takich kutasów. Gdy przyjdę, ma go nie być! Zrozumiałeś?! – Rozłączył się.

– Jakieś problemy? – spytałam.

– Nie takie, których nie dałoby się rozwiązać – burknął. – Moniś, muszę już iść. – Popatrzył mi prosto w oczy. – Ale wrócę – dodał stanowczo, a potem podszedł i mnie pocałował. Tym razem długo i bardzo delikatnie. Objęłam go za szyję i oddałam się temu pocałunkowi bez reszty. Odsunął się i chwilę patrzył na mnie z dziwnym uśmiechem, ni to tęsknym, ni pożądliwym, jakby smutnym i drapieżnym zarazem.

– Taką cię lubię – powiedział i wyszedł.

Rozdział siódmy

Pochłonęła mnie praca. Zabroniłam sobie myśleć o Jonaszu, bo nic bym nie zrobiła. Działał na mnie jak narkotyk, w krótkim czasie stał się moim nałogiem. Gubiłam się we własnych odczuciach, nie rozumiałam, jak to możliwe – tak szybko, dogłębnie, wszechogarniająco. Istne szaleństwo, które mnie wciągało jak ruchome piaski.

Ale odsunęłam od siebie rozterki. Miałam zadanie do wykonania. Po kilku godzinach byłam autentycznie usatysfakcjonowana. Już niedługo luksusowy salon kosmetyczny dostanie naprawdę oryginalną stronę internetową. Nie cierpiałam na fałszywą skromność i lubiłam podziwiać końcowe efekty swojej pracy. Często byłam z nich zadowolona, ale trzeba przyznać, że przykładałam się do roboty. Uśmiechnęłam się do monitora, przeciągnęłam, aż stawy zatrzeszczały, i postanowiłam coś zjeść, a potem ułożyć się na kanapie z ciekawą książką.

Może wpadnie Jonasz? Chciałabym. Nie było go obok mnie ledwie pół dnia, a już zdążyłam zatęsknić. Pomyślałam o przygodzie w parku. Strach wywołał przypływ adrenaliny i spotęgował doznania, ale chyba nie chciałabym powtórki. Seks w miejscach publicznych jawił mi się jako coś niesmacznego. I jeszcze ten facet, który wszystko widział! Całe szczęście, że nie trafił się nikt więcej. Przypomniałam sobie rozbawiony wyraz twarzy Jonasza. Jemu to wcale nie przeszkadzało. Raczej wręcz przeciwnie. Co powiedział? „Witaj w moim świecie, Moniko. Kocham adrenalinę. Jestem od niej

71

uzależniony". Cholera, niedobrze. Czy to oznacza, że pieprzenie się w miejscach publicznych go kręci? To mi chciał pokazać, w świat takich doznań wprowadzić? Boże, mam nadzieję,
że nie o to mu chodziło, że to był przypadek, że tak po prostu
wyszło. Może miał na myśli szybką jazdę samochodem, skoki
na bungee albo ze spadochronem?

Pokręciłam z politowaniem głową nad własną naiwno-
ścią. Wiedziałam, że oszukuję samą siebie. Przecież to jasne,
że wszystko, co ma związek z adrenaliną, go podnieca – więc
seks w parku również. Z zamyślenia wyrwał mnie sygnał komórki. Spojrzałam na wyświetlacz: Krzysiek. Zdziwiłam się.
Wcześniej prawie nie dawał znaku życia, a teraz w krótkim
czasie odzywa się już po raz drugi.

– Słucham?

– Dobrze, że odbierasz, bo znów miałabyś pretensje, że
zjawiam się bez zapowiedzi.

– Chcesz przyjść? Po co?

– Wyjaśnię osobiście.

Nie minął kwadrans, a już stał pod drzwiami i naciskał
dzwonek. Musiał telefonować, będąc w pobliżu.

– Co znowu? – spytałam, otwierając i stając w progu. –
Dokumenty? – Krzysiek był architektem i często tonął w papierach.

– Niezupełnie – odparł i wszedł do środka, nie czekając
na zaproszenie. – Mam prośbę. – Usiadł na kanapie i położył
na kolanach grubą, wypchaną czymś teczkę. – Wiem, że o tej
godzinie raczej nie pracujesz. No chyba że zmieniłaś nawyki?
– spytał.

– Nie, nie zmieniłam.

– Świetnie. Mam masę pracy, którą musiałem zabrać do domu. Terminy mnie gonią, a w domu wiesz, jak jest. – Przerwał i spojrzał na mnie, jakby chciał wybadać mój nastrój.

– Nie, nie wiem – odparłam chłodno. – Czy możesz przejść do rzeczy?

– Daniel się wszędzie kręci. Jak nie marudzi, to płacze. Jak nie płacze, to chce się bawić. Nie mam chwili spokoju, trudno mi się na czymkolwiek skupić. Pomyślałem, że może zgodziłabyś się, żebym popracował u ciebie?

Zamurowało mnie. Słowo daję.

– Krzysiek, przecież ty już tu nie mieszkasz. Jesteśmy rozwiedzeni, pamiętasz? – Wpatrywałam się w niego ze zdumieniem.

– Oczywiście, że pamiętam, ale myślałem, że się przyjaźnimy i że w trudnych sytuacjach możemy na siebie liczyć.

Co on opowiadał? Wszystkiego bym się spodziewała, ale nie czegoś takiego!

– Przyjaźnimy? To chyba za dużo powiedziane? Julka wie, że tu jesteś?

– No... tak. To znaczy... nie – kręcił. – Sama wiesz, byłaby zazdrosna, a ja przecież nic złego nie robię. Chciałem tylko popracować w spokoju, więc jej powiedziałem, że jadę do biura. Po co ją denerwować i dawać dziewczynie powód do zazdrości?

Pokręciłam z niedowierzaniem głową.

– A nie mogłeś naprawdę pojechać do biura?

– Nie, za dużo tam ludzi. Wszyscy siedzą nad papierami albo tak jak ja zabierają robotę do domu.

– Dobra, pracuj, i tak miałam zamiar poczytać książkę, ale na przyszłość weź pod uwagę, że ty masz swoje życie, a ja swoje. Nie możesz, ot tak, przychodzić do mojego domu, kiedy ci pasuje, okłamując swoją aktualną żonę.

– Dzięki – powiedział i odniosłam wrażenie, że odetchnął z ulgą.

Usiadł za moim biurkiem, a ja wzięłam do ręki komórkę, wybrałam numer i zamówiłam chińszczyznę. Przysłuchiwał się uważnie mojej rozmowie.

– Mogłabyś dla mnie też zamówić? – spytał.

Znów mnie zatkało – bo facet przeciągał strunę – ale zamówiłam dwie porcje.

– Julka ci jeść nie dała?

Zauważyłam, że się zmieszał i wsadził nos w dokumenty.

– Dziś piękna pogoda. Była długo z małym na dworze. Ugotuje coś ciepłego na kolację – odparł po jakimś czasie, przeglądając papiery.

– Teraz też by mogła wyjść z Danielem na dwór, żebyś spokojnie popracował. Nie jest jeszcze późno – zauważyłam. – Siedzi na wychowawczym, nie ma nic do roboty i nie może mężowi obiadu ugotować? – zdziwiłam się złośliwie.

– Nika, nie czepiaj się. Nawet nie wiesz, ile roboty jest przy małym dziecku.

– Nie wiem, bo nie chciałeś mieć dzieci. Wciąż kazałeś mi czekać na odpowiedni moment, który nie nadchodził. Odkładałeś wszystko na później.

– Masz o to żal? – Podniósł na mnie wzrok.

– W obecnej sytuacji ani trochę. Siedziałabym z dzieckiem sama w domu, a ty spędzałbyś czas z Julką – wygarnęłam mu. Chciałam jeszcze coś dodać, ale zabrzęczał dzwonek do drzwi.

Dostawca przywiózł chińszczyznę. Zapłaciłam z napiwkiem i postawiłam jeden kubełek przed Krzyśkiem.

– Z kurczakiem i sosem słodko-ostrym.

– Dzięki. Dać ci kasę?

– Obejdzie się. Mogę sobie pozwolić na gest. Chińszczyzna nie kosztuje majątku.

– W porządku. Następnym razem ja postawię. – Wyszczerzył zęby w porozumiewawczym uśmiechu.

Zaniemówiłam z wrażenia. Jakim „następnym razem"? Czy on w ogóle wie, co mówi? Wzięłam swoją porcję, postawiłam obok kanapy na stoliczku. Zjadłam do połowy i pogrążyłam się w czytaniu książki.

Po mniej więcej dwóch godzinach znów rozległ się dzwonek do drzwi. Niechętnie oderwałam się od lektury, wstałam i poszłam otworzyć. Nie zdążyłam nic powiedzieć, bo poczułam usta Jonasza na swoich wargach, a jego dłonie na mojej talii. Pocałował mnie mocno, głęboko i władczo.

– Tęskniłem – powiedział z przepraszającym uśmiechem, jakby to wyjaśniało tę napaść, w której niemal zmiażdżył mi usta. Wszedł do środka, pociągając mnie za rękę i...

Zesztywniał na widok Krzyśka. Wyraz jego twarzy zmienił się diametralnie. Zmierzył intruza lodowatym wzrokiem, potem przeniósł zimne, pytające spojrzenie na mnie.

– Krzysiek zabrał ze sobą pracę do domu, ale Daniel, jego synek, strasznie marudził i Krzysztof poprosił, abym pozwoliła mu popracować tutaj – tłumaczyłam się jak ktoś przyłapany na gorącym uczynku. I nie miałam zielonego pojęcia, dlaczego tak właśnie się poczułam. Przecież nic złego nie zrobiłam!

– Cześć – odezwał się mój były mąż znad swoich papierów i zaraz na powrót wsadził w nie nos.

– Cześć – odpowiedział Jonasz i nie puszczając mojej ręki, nadal lustrował Krzyśka chłodnym spojrzeniem. Z pozoru minę miał nieodgadnioną, ale zauważyłam znajome drżenie szczęki i zaciśnięte w wąską kreskę usta. Był wściekły.

Pociągnął mnie w stronę kanapy, gdzie usiedliśmy blisko siebie. Wziął do ręki książkę, przeczytał tytuł, odłożył, a potem spojrzał na chińszczyznę. Najpierw na kubeczek stojący na stoliku, a potem na ten na biurku.

– Dlaczego jesz to świństwo?

– To nie jest świństwo. – Wzruszyłam ramionami. – Przygotowują dania ze świeżych produktów i najwyższej jakości składników.

– Skąd wiesz? Bo tak napisali na swojej stronie internetowej? – kpił. Wciąż był zły.

– Smakuje mi i jeszcze nigdy się nie zatrułam.

– Chcę, byś zdrowo się odżywiała. Możesz przychodzić do Royal. Żarcie jest pyszne i rzeczywiście przygotowywane z najwyższej jakości składników.

Nic nie odpowiedziałam; nie chciałam się sprzeczać przy Krzyśku. Niby wpisywał jakieś cyferki do tabelek, niby pochłonięty był pracą, ale coś mi mówiło, że wsłuchuje się w każde nasze słowo. Jonasz rozłożył się na kanapie i ściszywszy odbiornik, zaczął przełączać kanały w telewizji.

– Przytul się – szepnął.

Położyłam się obok niego i wtuliłam twarz w zagłębienie jego szyi, choć było mi niezręcznie z powodu Krzysztofa. Siedział plecami do nas, ale i tak głupio się czułam.

– Chodźmy do mnie – zaproponował przytłumionym głosem Jonasz.

– Nie mogę, mam gościa.

– Właśnie dlatego – upierał się.

– Nie mam zapasowych kluczy. Jeśli zostawię swój komplet Krzyśkowi, nie będę mogła wejść do domu.

– Nie wrócisz tu.

– Mam swoje przyzwyczajenia. Lubię budzić się we własnym łóżku, a potem robię sobie kawę i siadam do pracy.

– Już raz obudziłaś się w moich ramionach, w domu Marcela, nie swoim – przypomniał.

– To był weekend i niecodzienna sytuacja.

– Jedźmy do mnie – powtórzył, głuchy na moje argumenty. Przez cały czas szeptaliśmy.

– Jonasz, zrozum, nie mogę zostać u ciebie na noc. Krzysiek mieszka na drugim końcu miasta. Zanim tam dojadę, by odebrać swoje klucze, stracę mnóstwo czasu, a muszę pracować. Jestem prawie na finiszu. Chcę to skończyć szybko i spektakularnie.

– Zajmę się tym – rzucił krótko. – Kluczami i w ogóle.

– Nie, zostańmy. Możemy obejrzeć jakiś film.

Znów zacisnął usta w kreskę i zaczął przełączać kanały.

Nagle nachylił się nade mną i objął moje usta wargami. Odnalazł mój język i zaczął go trącać swoim, delikatnie, niespiesznie, a potem coraz namiętniej, bardziej zaczepnie. I jak zwykle zaczęłam się zatracać. Poddawałam się Jonaszowi.

Resztkę zdrowego rozsądku odzyskałam w chwili, gdy poczułam jego dłoń między udami. Zwariował! Nie mogę tego zrobić przy Krzysztofie!

– Jonasz, wiem, do czego zmierzasz. I nie zgadzam się! – zaoponowałam nerwowym, zdyszanym szeptem.

– Więc chodź do mnie albo wejdę w ciebie tu i teraz, przy nim – zagroził, a ja nie miałam wątpliwości, że byłby do tego zdolny.

– Zgoda, jedziemy do ciebie – zdecydowałam błyskawicznie.

Uśmiechnął się triumfująco. Pocałował mnie jeszcze raz. On też zdawał sobie sprawę, że Krzysiek nasłuchuje, że się zastanawia, co robimy za jego plecami, gdy między szeptami zapada długa chwila ciszy. Mój kochanek dawał mojemu byłemu mężowi do zrozumienia, że sytuacja się zmieniła i teraz należę do niego. Oznaczał swoje terytorium.

– Chodź. – Pociągnął mnie za rękę.

Gdy wstaliśmy, Jonasz podszedł do Krzysztofa.

– Zabieram Monikę do siebie na całą noc – oznajmił. – Skończ, co masz do zrobienia. Sprawę kluczy jakoś rozwiążemy. Monia nie ma zapasowych – dodał. – Załatwimy to jutro.

Wyszliśmy na dwór. Dni były teraz długie, do zmierzchu zostało trochę czasu. Jonasz otworzył przede mną drzwi swojego Land Rovera, zamknął je i wsiadł od strony kierowcy.

– Daleko mieszkasz? – spytałam.

– Na obrzeżach miasta – odparł wymijająco.

Ruszył z piskiem opon. Nic nie mówił. Widziałam, że znowu jest zły. Szczęka aż mu chodziła, tak zgrzytał zębami. Chyba dopiero teraz odreagowywał spotkanie z Krzyśkiem w moim mieszkaniu. Pędził jak oszalały, wciąż przyspieszał. Byłam przerażona i momentalnie stanął mi przed oczami obrazek z parku: ławka, my dwoje zatraceni w sobie, starszy pan w roli przypadkowego widza. Prawie usłyszałam, jak Jonasz ponownie wypowiada słowa: „Kocham adrenalinę. Jestem od niej uzależniony". Na chwilę zwolnił, gdy wjeżdżał na drogę szybkiego ruchu. A potem dodał gazu, auto skoczyło do przodu. Las rozciągający się po obu stronach zlewał się w jednolitą, ciemną masę. Wskazówka szybkościomierza sunęła wciąż w prawo. Spanikowałam. Czy on chce nas zabić?!

– Jonasz, zatrzymaj się! – zawołałam. – Boję się!

Odwrócił twarz w moją stronę i przyglądał mi się badawczo, ale nadal jechał z zawrotną prędkością.

– Jonasz, do cholery, patrz na drogę! I, proszę, zatrzymaj się – błagałam go.

Ulitował się. Stanął na poboczu drogi i zwrócił twarz w moją stronę.

– Zadowolona? – rzucił szorstkim tonem.

– A wolno tu stać? – spytałam, żeby powiedzieć cokolwiek. Musiałam złapać oddech, zyskać czas, pomyśleć, uspokoić się.

– To pobocze, a nie parking. Zatrzymywanie się w takim miejscu powinno być ostatecznością – wyjaśnił z zaciętą miną. Zauważyłam, że zjechał bardzo blisko krawędzi jezdni i włączył światła awaryjne. – Monika, dlaczego mi to, kurwa, robisz? – spytał, z trudem nad sobą panując. Kostki jego palców zbielały; tak bardzo zaciskał dłonie na kierownicy.

– Ale co? Przecież ja nic takiego nie zrobiłam – odparłam cicho i poczułam się jak kłamca.

– Ten palant, którego kochałaś... – przerwał, jakby wypowiedzenie tego słowa sprawiało mu fizyczny ból – choć nie mam pojęcia za co, chce cię z powrotem.

– Jonasz, zwariowałeś?! On mnie zdradzał z Julką! Rzucił mnie dla niej, ma z nią dziecko! – krzyczałam.

– I to był jego największy życiowy błąd! Ma tego pełną świadomość! – Jonasz też wrzeszczał. – Chce cię odzyskać!

– Oszalałeś! On ją kocha! Powiedział mi o tym, gdy przyszedł z informacją, że złożył pozew o rozwód!

– Tak mu się tylko, kurwa, wydawało – wycedził Jonasz. – Teraz wie, co stracił.

– Nigdy nie będę z Krzysztofem. Zranił mnie jak nikt wcześniej, niewybaczalnie, więc przestań się wściekać. Pomogłam mu, bo o to poprosił, bo jest... Krzyśkiem – tłumaczyłam mętnie, gdyż nie umiałam podać wystarczająco logicznego powodu, czemu się zgodziłam.

– Tak bardzo potrafią nas zranić tylko ci, których najbardziej kochamy. – Jonasz ponownie zacisnął usta, a jego dolna szczęka zadrżała, ale jakoś inaczej, jakby siłą powstrzymywał się od płaczu.

– To czas przeszły. Nie wrócę do Krzyśka, nie kocham go.

– Ale mnie też nie. Masz jednak całkowitą rację: nie wrócisz do tego pacana, bo jesteś moja! Tylko moja! – W jego głosie wściekłość łączyła się z desperacją. Spojrzał mi prosto w oczy. Zobaczyłam w nich rozpacz.

Wysiadł z samochodu, trzaskając mocno drzwiami. Wyskoczyłam za nim. Dostrzegłam, że postawił trójkąt ostrzegawczy. Teraz opierał się o maskę samochodu, oddychając głęboko; odniosłam wrażenie, że próbuje się uspokoić. Podeszłam i przytuliłam się do jego pleców.

– Teraz mi lepiej – powiedział cicho. – Nigdy nikomu nie pozwalałem tak zachodzić się od tyłu. Plecy to dla mężczyzny strefa bezpieczeństwa. Ciebie do niej wpuszczam.

Przywarłam jeszcze mocniej. Poczułam, że jego ciało drży. Odwrócił się i pocałował mnie: łapczywie, zachłannie.

– Jesteś mokra – szepnął. – Wiem, że tak. Połóż się na masce auta.

– Ale tu jeżdżą samochody – zaoponowałam niepewnie.

– Chcę cię tutaj i teraz – mruczał. Przepełniony pożądaniem, ledwie łapał oddech. Położyłam się na masce. On szybko zadarł moją sukienkę do góry i zerwał ze mnie majtki.

– Będę ci musiał odkupić bieliznę – zachrypiał. – Na to musisz mi pozwolić. Niszczę ci drugie majtki w ciągu jednego dnia.

Nie wszedł we mnie natychmiast. Swoim zwyczajem najpierw wprowadził w głąb pochwy swoje palce. Uciskał nimi, masował, drapał, a potem ukląkł i opierając moje udo na swoim ramieniu wylizał mi śliską od gotowości szparkę.

– Wiem, że to lubisz, Moniko.

Stękałam z rozkoszy, czując jego język – gorący, szorstki, giętki, wywołujący przyjemność tak dużą, że aż bolesną. Najchętniej rozchyliłabym przed nim wszystko, co miałam. Jak kwiat rozchyla płatki w słońcu. To chyba jakiś atawistyczny odruch, gdy kobieta całą sobą wypina się w stronę mężczyzny. Wypina się, wypycha, by brał, lizał, ssał, cmoktał, kąsał, chłeptał. Wypina się, by osiągnąć szczyt tej bolesnej ekstazy. I nie każdy mężczyzna potrafi to dać.

– Poczekaj – wysapałam, ujmując jego głowę i patrząc mu w oczy. – Ja też chcę coś dla ciebie zrobić.

Wstał, a ja uklękłam.

– Weź go do ust... Weźmiesz, Monia?

– O niczym innym nie myślę. Tylko te samochody... Ktoś może zobaczyć, ale ja muszę...

– Co musisz, Moniś? – spytał napiętym głosem. Był bliski eksplozji.

Zatem dobrze. Rozpięłam guzik, potem rozporek, odsunęłam slipy, a gdy wyskoczył penis w erekcji, zaczęłam obdarzać go pocałunkami. Delikatnymi jak muśnięcia. Zsunęłam usta na mosznę, dotknęłam jej dłonią, na zmianę pieszcząc ją palcami i językiem. Gdy polizałam wędzidełko, Jonasz zawył:

– Kurwa, oszaleję!

Wzięłam do ust jego członka i zaczęłam ssać. Ależ to mnie podniecało! Spojrzałam na jego twarz i teraz to ja odsunęłam się, żądając stanowczo:

– Jonasz, otwórz oczy. Chcę cię widzieć!

Otworzył natychmiast. Chyba nawet nie zamierzał ich zamykać, ale się zapomniał. Ogarnęło mnie miłe poczucie władzy. Chciałam wrócić do przerwanego zajęcia, ale poderwał mnie w górę i położył na masce. A potem zarzucił mi nogi na swoje ramiona, tak że piętami dotykałam jego łopatek, i wdarł się we mnie – głęboko, bardzo głęboko!

– Kurwa! – krzyknął. – Kurwa, Monia! Nikt, nigdy... tylko ty!

Podniecenie, brak kontroli, strach, adrenalina i spotęgowane do maksimum doznania. To czułam!

– Jonasz! – zawołałam wstrząsana falą potężnego spełnienia. I dopiero wtedy zauważyłam, że mijające nas samochody dziwnie w tym miejscu zwalniały.

Rozdział ósmy

Podjechaliśmy pod duży dom położony prawie za miastem. Jonasz otworzył pilotem najpierw bramę wjazdową, a potem garaż. Wyskoczył z samochodu, obiegł go i otworzył mi drzwi.

– Jesteśmy na miejscu.

Gdy wysiadłam, wziął mnie za rękę i poprowadził do domu. Pokonaliśmy schody i znaleźliśmy się w dużym salonie połączonym z kuchnią, jadalnią i miejscem wypoczynku. Każda strefa leżała na trochę innym poziomie.

– Pięknie mieszkasz – stwierdziłam. – Sam?

– Z panią Stanisławą – odpowiedział.

– Kim jest pani Stanisława?

– Podopieczną mojej babci. Zajmuje się domem. Babcia jej pomagała w lekcjach, udzielała darmowych korepetycji, czasem załatwiła jakieś ubrania i karmiła.

– To znaczy, że pani Stanisława mieszkała z twoją babcią?

– Niezupełnie. Pani Stanisława pochodzi z patologicznej rodziny. Nikt o nią nie dbał, więc babcia starała się jej pomóc. Później, gdy dorosła, pracowała jako szatniarka albo sprzątaczka. Nie udało jej się skończyć żadnej szkoły poza podstawową, więc nie miała wyboru. O babci jednak nie zapomniała – mówił, otwierając drzwi lodówki. – Na co masz ochotę? Chcesz coś zjeść? – Spojrzał w moją stronę, a ja przecząco pokręciłam głową. – Odwiedzała ją często, a gdy babcia się rozchorowała, pani Stanisława bardzo mi pomogła w opiece nad nią. Żeby być przy babci, wzięła zwolnienie lekarskie i wciąż je przedłużała. W efekcie zwolnili ją z pracy przy pierwszej okazji. Gdy babcia zmarła, zaproponowałem jej, by zamieszkała tu i pracowała dla mnie. I musiałem się z nią użerać, bo nie chciała pieniędzy. – Roześmiał się. – Uznała, że będzie zajmować się domem za pokój i wyżywienie. A ja chciałem, by mogła sobie coś kupić, wyjść do kina czy do teatru. Zawiozłem ją do banku i założyłem konto. Pokazałem, jak się korzysta z bankomatu. I skorzystała z niego dopiero po trzech latach, gdy poznała wdowca, pana Kazimierza. Wtedy kupiła nową apaszkę – opowiadał z rozbawieniem.

– A twoi rodzice? – spytałam nieśmiało.

– Ojciec zmarł na udar mózgu, a matka żyje, ale nie utrzymuję z nią kontaktu – odpowiedział szorstkim tonem.

– Dlaczego?

– Monika, nie chcę rozmawiać o mojej rodzinie.

– Nie rozumiem cię. Chcesz, bym się zaangażowała w... – przerwałam. – No właśnie, w co? W związek? Czy my jesteśmy razem? Czy jesteśmy parą? Czy się tylko pieprzymy? Zresztą nieważne. – Machnęłam lekceważąco ręką. – Chcesz, bym się zaangażowała uczuciowo, a ja nic o tobie nie wiem. Gdybyś ty mnie zapytał, nie miałabym oporów przy udzielaniu odpowiedzi. Ale to też cię nie interesuje, bo nie pytasz – zirytowałam się.

– Twoja mama jest pielęgniarką, a twój ojciec był kierowcą. Przeszedł na rentę z powodu problemów z kręgosłupem. Mieszkają w Pabianicach, skąd pochodzisz. Twój młodszy brat, Kamil, również mieszka w twoim rodzinnym mieście. Skończył studia w Łodzi i pracuje jako grafik komputerowy. Od kilku lat jest w związku partnerskim, ma córeczkę Karolinę. Po wakacjach mała pójdzie do pierwszej klasy. Ty przeprowadziłaś się tutaj z powodu tego kutasa. Poznałaś go w Mielnie na wakacjach – recytował bez zająknięcia. – Dlatego nie chciałaś studiować w Łodzi. Miałaś szczęście, bo tu mieszkała twoja ciotka. Przed śmiercią przepisała na ciebie swoje mieszkanie. – Skończył i wpatrywał się we mnie z nieodgadnionym wyrazem twarzy.

A ja stałam z rozdziawionymi ustami, jak nieprzygotowana uczennica, którą nauczyciel wyrwał znienacka do odpowiedzi. Gdy odzyskałam głos, wycedziłam z wściekłością:

– Sprawdzałeś mnie?

– Po prostu chciałem wiedzieć.

– Wystarczyło zapytać! – syknęłam.

– Chciałem wiedzieć, odkąd cię poznałem. O ile pamiętasz, przez kilka dni się nie widzieliśmy. A ja chciałem wiedzieć o tobie wszystko od razu.

– Jonasz, to chore! Tak się nie robi!

– Nauczyłem się, że sam muszę zaspokajać swoje potrzeby, bo nikt tego za mnie nie zrobi. Chciałem wiedzieć, więc się dowiedziałem.

– Jak?

– Mam swoje sposoby – odparł wykrętnie i zmienił temat, wracając do stałej kwestii. – Pragnę, byś się zaangażowała w ten związek uczuciowo, i zrobię wszystko, by tak się stało. Tylko się przede mną nie broń. – Używał tego zwrotu jak mantry. – Chcesz wina?

– Poproszę.

Wprawnym ruchem odkorkował butelkę. Otworzył oszklone drzwiczki i wyjął z kredensu dwa kieliszki.

– Pójdziemy na górę? – Wzruszyłam w odpowiedzi ramionami. – Chodź za mną. – Weszliśmy schodami na przestronne poddasze. Pchnął środkowe drzwi. – To sypialnia – wyjaśnił.

Była urządzona minimalistycznie, ale bez wątpienia kosztownie. Pośrodku stało wielkie łóżko, do którego przytulały się dwie szafki, na ścianie wisiał ogromny plazmowy telewizor. Pod nim stała wieża stereo. Na ścianach zawieszono kilka półek na książki. Jonasz postawił kieliszki na szafce i napełnił je winem. Pilotem włączył muzykę i usiadł na łóżku.

– No chodź. – Wyciągnął w moją stronę rękę z kieliszkiem, drugą dłonią poklepał miejsce obok siebie. – Chyba nie będziesz tam tak stała.

– Jestem zła na ciebie za to śledztwo.

– Niepotrzebnie. Ale jeśli sobie życzysz, mogę cię pięknie przeprosić. Ustami i rękami. Zrobię ci tak dobrze, że zapomnisz o wszystkich problemach i o swojej złości. Rozładuję twoje napięcie – obiecał z czającym się w oczach pożądaniem.

– Nie pozwolę ci się dotknąć, póki nie opowiesz mi o sobie. Chcę rewanżu – upierałam się.

– Może to jest sposób. – Uśmiechnął się kącikiem ust. – Bo gdy cię dotknę, będziesz pragnęła tylko jednego. I na pewno nie będzie to rozmowa.

Cóż za irytująca pewność siebie. Niestety miała pokrycie w rzeczywistości. Wzięłam kieliszek z winem i usiadłam jak najdalej od niego, na przeciwległym krańcu łóżka.

Przekrzywił głowę w bok i wpatrywał się we mnie przymrużonymi oczami.

– No dobra, pytaj.

– Dlaczego nie utrzymujesz kontaktu z matką?

– Nie jestem z nią związany uczuciowo. Wychowywała mnie babcia, choć w świetle prawa moim opiekunem był ojciec, ale jego nigdy nie było. Bardziej niż mnie kochał swoją pracę. Więcej czasu spędzałem więc w domu babci niż w swoim własnym.

– Dlaczego nie wychowywała cię matka?

– Według wersji babci zostawiła mnie, gdy miałem dwa latka, i nie chciała mieć ze mną nic wspólnego.

– A są jeszcze inne wersje?

– Tak – odparł krótko.

– Jakie?

– Monika, nie wiem, czy one cokolwiek zmienią w ogólnym zarysie...

– Mów – zażądałam.

– Matka odeszła od ojca, bo podobno ją zdradził. Zabrała mnie ze sobą, ale musiała pracować. Nie miała za dużo kasy. Wynajmowała jakiś nędzny pokój i zatrudniała koszmarną opiekunkę. Nie radziła sobie. Podobno byłem brudny, zawszony i wciąż chorowałem – mówił obojętnym tonem, ale w jego oczach krył się smutek. – I wtedy przyjechał dziadek. Błagał ją, by mnie oddała, do czasu aż wyjdzie na prostą. Dał jej słowo honoru, że będzie mogła mnie zabrać, gdy tylko sobie wszystko poukłada. Pech chciał, że dziadek wkrótce zmarł, a babcia nie chciała słyszeć o moim powrocie do matki. Ojciec wszędzie miał układy, więc wystarczyła jedna sprawa w sądzie, by dostał wyłączne prawo do opieki.

– Matka cię nie odwiedzała?

– Raz na parę lat. Zresztą od pewnego momentu sam nie chciałem tych spotkań.

– Dlaczego? – zdziwiłam się.

– Bo babcia karmiła mnie opowieściami, jaka to z niej podła suka. Zostawiła mnie, nigdy nie kochała, a gdy się urodziłem, to nie chciała nawet na mnie spojrzeć – powiedział jednym tchem.

– No ale potem usłyszałeś drugą wersję. Od kogo?

– Od ciotki, ale byłem już dorosły.

– I nie próbowałeś się z nią skontaktować?

– Czasem wpadałem do niej, wracając z Niemiec. Zatrzymywałem się na kilka dni. Początkowo było okej, ale raz stanąłem w obronie przyrodniego brata, mówiąc do niego tylko jedno zdanie: „Nie pozwól się tak traktować", bo nim pomiatała. Uderzyła go przy mnie kilka razy w twarz tylko za to, że miał inne zdanie, że jej się przeciwstawił. A gdy jej powtórzył moją radę, to mnie wypierdoliła z domu. Od tej pory się z nią nie widziałem. I nie mam najmniejszej ochoty. Gdyby mnie kochała, nie zrobiłaby tego. Byłem wtedy chory. Z Berlina wracałem z prawie czterdziestostopniową gorączką. Mojego brata też nie kochała. Oni również nie utrzymują kontaktów.

Westchnęłam głęboko.

– Więc chyba twoja babcia dobrze zrobiła, zatrzymując cię – powiedziałam cicho.

– Gdy dorastałem i zacząłem się buntować, wciąż powtarzała, że gdyby wiedziała, co ze mnie wyrośnie, to by mnie utopiła w najbliższym szambie. Ktoś, kto kocha, nie mówi takich rzeczy. Coraz więcej czasu spędzałem więc w swoim domu. – Popatrzył na mnie chłodno.

Pomyślałam, że ta jego potrzeba uczucia, emocjonalnego zaangażowania się, wynika z faktu, że nigdy nie czuł się kochany. Powiedziałam to na głos.

– Początkowo myślałem, że miłość to gówno. Wszystkie osoby, które kochałem, skrzywdziły mnie. Matka, babcia, ojciec. Doszedłem więc do wniosku, że nigdy więcej nie dam się nikomu skrzywdzić. Dlatego zakazałem sobie miłości. Jeśli nie kochasz, nie cierpisz. Wiesz coś o tym, Moniko. Prawda? Ten palant cię skrzywdził i myślisz teraz zupełnie tak samo jak ja kiedyś.

– Skąd ta nagła zmiana, potrzeba uczucia? Nie boisz się już?

– Boję się. Dlatego obiecałem, że nigdy pierwszy cię nie zranię. Ale pragnę zaryzykować. Gdy spojrzałem wstecz na swoje życie, zrozumiałem, że było puste. Łatwe laski, łatwe pieniądze, praca, seks i nic więcej. Urozmaicałem seks, szukałem nowych wrażeń, adrenaliny, ale to mi nie wystarczało. Bez uczuć czułem się pusty w środku. Jaki sens ma takie istnienie?

– Jonasz, rozumiem cię, ale ja od samego początku byłam z tobą szczera. I nie zmieniłam zdania. Nie zamierzam się w tobie zakochać. – Z trudem przełknęłam ślinę. Uprzedzałam go, że nie chcę się angażować, ale i tak czułam się fatalnie, jakbym mu wbiła nóż w plecy. – Przykro mi. Po prostu źle trafiłeś. Nie tę kobietę wybrałeś na obiekt swoich uczuć. Zasługujesz na miłość i na pewno ją dostaniesz, ale nie ode mnie. Może lepiej przerwijmy to, nim sprawy zajdą za daleko. Powinieneś poszukać kogoś innego. – Starałam się mówić ciepłym, łagodnym tonem, ale i tak doprowadziłam go do wściekłości. Zerwał się z łóżka.

– Chcę ciebie! – krzyknął. – Czy ty, kurwa, nie rozumiesz, że chcę ciebie?! Od pierwszej chwili, gdy cię zobaczyłem! Tylko ciebie. Po prostu się przede mną nie broń!

Zdawałam sobie sprawę, że po jego zwierzeniach mój upór musiał go tym bardziej zaboleć. Nadal obstawałam przy swoim, bo naprawdę nie miałam najmniejszej ochoty na zawirowania uczuciowe i musiałam mu o tym przypomnieć. Choć z drugiej strony świadomość, że mógłby być z inną kobietą i dostarczać jej tych wszystkich doznań, była dla mnie nie do zniesienia.

– I jeszcze jedno – dodał ostro. – Tak, jesteśmy w związku. Czy ci się to podoba, czy nie: jesteś moja. Sądziłem, że nie masz co do tego wątpliwości.

– A co z pracą? – odważyłam się wtrącić. – Pracujesz w hotelarstwie. Kim jesteś? Bo nie boyem hotelowym, skoro stać cię na taki dom.

– Chodźmy spać. Za dużo na dziś. Obiecałem, że ci powiem, to powiem, ale nie teraz.

– Jesteś właścicielem kilkunastu hoteli w całej Europie! – wypaliłam. – Też mam swoje źródła informacji – dodałam ironicznie.

– Przeszkadza ci to? – warknął. – Mogę dać ci wszystko. Możesz codziennie wieczorem tu zasypiać, a rano budzić się przy mnie.

– Jonasz, pieniądze to nie wszystko. Nie są najważniejsze.

– Mnie to mówisz? Taki oczywisty banał? Ja to doskonale wiem! Tylko, błagam, nie upieraj się, że nie mają żadnego znaczenia, bo mają.

– Zgadzam się, mają. Ułatwiają wiele spraw i dają poczucie bezpieczeństwa, tyle że w mojej hierarchii nie stoją na pierwszym miejscu.

Gdy powiedziałam o poczuciu bezpieczeństwa, zrozumiałam, że Jonasz brak miłości zastąpił sobie właśnie pieniędzmi. I też to w końcu zrozumiał: że wszystko traci sens, gdy uczynimy z nich priorytet.

– Chodźmy spać. I nie rozmawiajmy o tym więcej. O mojej matce i całej beznadziejnej reszcie.

– Dobrze. Chodźmy spać, tylko powiedz mi, gdzie masz łazienkę. Chcę wziąć prysznic.

– Mogę się przyłączyć?

– Tak.

– Pragniesz mnie? – Oczy momentalnie mu zapłonęły.

– Jeszcze mnie nie dotknąłeś, więc chyba nie? – droczyłam się.

– Sam mój widok ci nie wystarcza? – Jednym ruchem ściągnął koszulkę i zmrużył oczy, przekrzywiając głowę na bok. Zaczynałam kochać ten gest. Czy ja pomyślałam: kochać? Boże, trzymaj się, dziewczyno! – Bo mnie, Monia, wystarcza, że na ciebie popatrzę i jestem gotowy.

– To masz problem. – Roześmiałam się. – Ty masz problem, nie ja.

– Czy aby na pewno? Bo coś mi się wydaje, że jesteś cała mokra w środku.

– Tylko ci się wydaje. – Śmiałam się, rumieniąc. Ale nie ze wstydu. Przy Jonaszu robiłam się głodna i coraz bardziej bezwstydna w zaspakajaniu tego głodu.

– Zaraz to sprawdzę, bo coś mi się zdaje, że kłamiesz.

– Nie kłamię. – Zerwałam się z łóżka, szykując do ucieczki.

Rzucił się pędem w moją stronę. Po chwili leżałam w jego objęciach, poddając się pieszczotom. Jego dłoń przesunęła się po wewnętrznej stronie mojego uda i nim zdążyłam westchnąć, poczułam w sobie palce Jonasza.

– Kłamczucha – zamruczał.

– To się nie liczy – szepnęłam, z trudem łapiąc oddech. – Nie liczy się, bo już mnie dotknąłeś.

Doprowadzał mnie do utraty zmysłów. Jego usta były wszędzie, muskając i dręcząc; w końcu ciemna głowa znalazła się pomiędzy moimi udami. Nie mogłam, nie chciałam powstrzymać cichego jęku rozkoszy, gdy jego język wślizgiwał się do środka.

– Też chcę – jęknęłam ponownie.

Zrozumiał. Położył się na plecach, a ja usiadłam na nim okrakiem, tak by miał swobodny dostęp do mojej wilgotnej cipki, ja natomiast mogłam ssać jego nabrzmiałego penisa. I ssałam, ssałam, i zatracałam się w tym ssaniu, bo jednocześnie czułam, jak jego usta i język wpijają się w moje wargi, w ukryte między nimi soczystości, jak trącają rosnący groszek łechtaczki. I wiedziałam, że zatracamy się oboje. W tej samej chwili wstrząsnął nami potężny orgazm. Połknęłam część spermy, a resztę rozsmarowałam na jego brzuchu, obejmując go w pasie i przytulając się do niego.

– Och, Monia – szepnął.

Rozdział dziewiąty

Uniosłam powoli powieki i ujrzałam wpatrzone we mnie zielone oczy. I natychmiast poczułam wargi obejmujące moje usta. Całowały mnie długo, namiętnie, ale zarazem bardzo delikatnie.

– Chciałbym to robić codziennie – powiedział Jonasz. – Tutaj.

– Przecież robisz. – Uśmiechnęłam się i rozejrzałam. No tak. To nie była moja sypialnia. W pierwszym odruchu, mocno zaspana, nie skojarzyłam, gdzie dokładnie się znajduję.

– Chciałbym witać się z tobą w ten sposób, tutaj – powtórzył. – Marzę o tym, żeby to była nasza sypialnia – wyznał, mrużąc oczy po swojemu i przekrzywiając głowę na bok w ten łamiący mi serce sposób.

– Wariat! – Uciekłam od wzruszenia w śmiech.

– Pragnę tego – powiedział poważnie.

– Jonasz, proszę. Jest dobrze tak, jak jest.

– Być może dla ciebie. Nie dla mnie – upierał się.

– Która godzina? – Zmieniłam temat. Poza tym faktycznie chciałam się dowiedzieć.

– Dopiero ósma. Na ogół siadasz do komputera około dziesiątej.

– Znasz mój plan dnia? – Nie odpowiedział. Przyjrzałam mu się uważniej. – Jesteś już wykąpany i ubrany! Myślałam, że właściciel kilkunastu hoteli w całej Europie nie musi zrywać się do roboty bladym świtem. O której wstałeś?

– Wcześnie. Miałem coś ważnego do załatwienia.

– Rozumiem – odparłam, nie chcąc wnikać w szczegóły. Pragnęłam jak najszybciej znaleźć się w domu, wypić kawę i zabrać się do roboty. – Zadzwonię po taksówkę. W domu wezmę prysznic. Mam masę pracy. Kończę projekt i chcę to zrobić jak najszybciej.

– Nie puszczę cię bez śniadania. Prysznic też możesz wziąć tutaj – powiedział i usłyszałam w jego tonie stanowczość przemieszaną z niepokojem.

– Jonasz, dziękuję za gościnność, niemniej chciałabym już wrócić do siebie – upierałam się. – Doceniam twoją gościnność, ale...

– Ale lepiej czujesz się u siebie, tak? – rzucił szorstko.

– Przecież to naturalne – starałam się załagodzić sytuację. – Wszędzie dobrze, ale w domu najlepiej.

– Pragnę, żeby tu był twój dom.

– Jonasz... Dopiero co się poznaliśmy. To nie jest normalne, że proponujesz mi coś takiego, skoro... – zawahałam się, bo wiedziałam, że go zranię, jeżeli znowu jak zdarta płyta powtórzę, że nie chcę się angażować uczuciowo. – Nie wywieraj na mnie presji, proszę.

Położył się na wznak. Dolna szczęka mu drżała.

– Weź prysznic i zjedz śniadanie. Odwiozę cię do domu – oznajmił chłodnym tonem.

– Muszę jeszcze podjechać po klucze do Krzyśka – przypomniałam nieśmiało. – Więc może jednak wezmę taksówkę? Nie chcę ci pokrzyżować planów.

– W moich planach uwzględniam także ciebie. Zawsze. Jesteś w nich na pierwszym miejscu – wycedził przez zęby.

Był wściekły, dlatego tak mu broda chodziła, ale próbował nad sobą zapanować.

Bez słowa poszłam pod prysznic. Wolałam nie prowokować Jonasza. Zaczęłam podejrzewać, że ma poważne zaburzenia emocjonalne. Rozumiałam ich powód. Byłam wstrząśnięta tym, co mi o sobie opowiedział, bardzo mu współczułam, a stąd tylko krok, by pomylić współczucie z miłością. O nie! Uwielbiałam się pieprzyć z Jonaszem, dostarczył mi fizycznych doznań ocierających się niemal o mistykę, ale o żadnym poważnym związku, ze wspólnym mieszkaniem, jedzeniem śniadanek i piciem sobie z dzióbków, nie mogło być mowy. Krzysiek był facetem zwyczajnym do bólu, a skrzywdził mnie jak nikt wcześniej. Gdybym zakochała się w Jonaszu, zafundowałabym sobie emocjonalną jazdę bez trzymanki, która – czułam to każdą komórką ciała – skończyłaby się gigantyczną katastrofą. Mogłabym się po niej nie pozbierać. Mój wewnętrzny system obronny panikował, śląc alarmujące sygnały. Jeszcze nie zwariowałam, musiałam chronić siebie!

Woda obmywała moje ciało, a ja myślałam o tym, że nigdy wcześniej nie spotkałam tak dziwnego mężczyzny jak Jonasz. Pokazał mi świat zmysłów, o którym nie miałam pojęcia, rozbudził we mnie pożądanie i śmiałość, o jakie w życiu bym siebie nie podejrzewała, a zarazem miałam ochotę uciekać przed nim gdzie pieprz rośnie. Wciąż to powtarzał: nie broń się przede mną. A ja czułam, że muszę się pilnować. Jeżeli mam przetrwać podróż do jego świata – muszę być ostrożna, czujna. Inaczej przepadnę.

W moim życiu był tylko jeden facet: Krzysiek. Normalny, uporządkowany, bez dziwactw. Nawet fakt, że mnie rzucił dla młodszej, trącił żałosnym banałem. A Jonasz? Miał wszystko, o czym Krzysiek mógłby marzyć: pieniądze, władzę, charyzmę, panienki na skinienie, urodę amanta. Ale był też pokręcony, nieprzewidywalny, wybuchowy i mocno poraniony. Kryło się w nim niekochane dziecko, które nagle zapragnęło bliskości, uczucia. Na jak długo? Kiedy mu się znudzi zabawa w dom i miłość? Może teraz naprawdę w to wierzy. Może faktycznie aktualnie potrzebuje głębszego uczucia. Ale czemu akurat ode mnie? Co go w ogóle do mnie przyciągnęło?

Zanim go poznałam, byłam podobna do Krzyśka. Poukładana. Zwyczajna. Wręcz nijaka. W naszej sypialni nie dochodziło do żadnych, nawet małych perwersji – żadnych odstępstw od ogólnie aprobowanej rutyny. Po prostu się kochaliśmy. Owszem, zmienialiśmy pozycje, ale to wszystko. Do głowy by mi nie przyszło, że mogłabym przeżywać takie orgazmy, do jakich doprowadzał mnie Jonasz, ani tym bardziej, że jestem zdolna do takiego pożądania, takiej niecierpliwej żądzy, by uprawiać seks w parku czy na poboczu uczęszczanej drogi. Gdyby ktoś mi wtedy powiedział, co będę wyprawiać, nigdy bym nie uwierzyła. Wyśmiałabym go! Ale Jonasz tak właśnie działał. Gdy mnie dotykał, traciłam głowę. I tylko jakimiś resztkami rozsądku, konwulsjami instynktu samozachowawczego broniłam się, wiedząc, że nie mogę stracić także serca.

Westchnęłam głęboko. Wyszłam spod prysznica i owinięta miękkim ręcznikiem powędrowałam do sypialni. Jonasza nie było. Szybko się ubrałam i zeszłam na dół. W kuchni natknęłam się na jakąś kobietę – chyba tę panią Stanisławę –

która na mój widok po prostu zamarła. Stała i wpatrywała się we mnie, jakby zobaczyła ducha.

– Dzień dobry – powiedziałam, czując się mocno niezręcznie.

– Dzień dobry – odparła po dłuższej chwili. – Przepraszam – dodała. – Bardzo przepraszam za moje zachowanie, znaczy, że tak się na panią gapię. Po prostu... po prostu... – dukała – no po prostu odkąd tutaj pracuję, a to już ładnych parę lat będzie, nie widziałam w tym domu żadnej kobiety. Nigdy – podkreśliła.

– Ale ja się nie gniewam – odparłam z uśmiechem, którym pokrywałam rosnące zmieszanie. Jej słowa bardzo mnie zaskoczyły. Jonasz miał wiele kobiet, czego zresztą nie krył, więc to co najmniej dziwne, by nie rzec podejrzane, że nigdy żadnej z nich nie zaprosił do swojego domu, o łóżku nie wspominając. Przecież miał wielki dom, tyle miejsca się marnowało.

– Proszę usiąść – zachęciła pani Stanisława. – Co by pani zjadła na śniadanie?

– Wszystko jedno. Może być zwykła kanapka. Trochę się spieszę – wyjaśniłam.

– Do pracy? – spytała.

– Tak. Kończę tworzenie strony internetowej. Jestem tym bardzo podekscytowana. Wyszła naprawdę świetnie, więc mam nadzieję, że klientowi też się spodoba, bo to nie zawsze się pokrywa, znaczy zadowolenie moje i klienta – paplałam. Ale zawsze, gdy zamykałam jakiś projekt, ogromnie to przeżywałam. Poza tym denerwowałam się. Być pierwszą kobietą, którą Jonasz zaprosił do domu, to nie byle co!

– Dobrze, że pani lubi swoją pracę. Wiem coś o tym. Ja także lubię pracować dla Jonasza. Dzięki niemu czuję się komuś potrzebna – mówiła, wprawnymi ruchami szykując jedzenie.

– Tak, lubię – przyznałam. – Projektowanie przynosi mi mnóstwo satysfakcji, choć oczywiście bywają momenty stresujące. Czasem myślę, że wykonałam coś świetnie, perfekcyjnie, a klient kręci nosem. No ale takie jest życie i czasem trzeba przełknąć porażkę. Jednak zdecydowanie więcej mam na koncie tych chwil, gdy cieszę się razem z klientami. Lubię ich pozytywnie zaskakiwać.

– To widać w pani oczach. – Kobieta roześmiała się. – Aż błyszczą!

– Dzień dobry, pani Stanisławo – usłyszałam za plecami.

– Oj, dzień dobry, Jonaszu! Co zjesz na śniadanie? Nie mówiłeś, że będziesz miał gościa. – Spojrzała na niego karcąco i ciepło równocześnie. – Twoja przyjaciółka chciała tylko kanapkę. Gdybym wcześniej wiedziała, przygotowałabym coś specjalnego – dodała.

– Pani Stanisławo, ależ te kanapki to mistrzostwo świata! – zapewniłam. – Już sam ich widok syci!

Przede mną na talerzu leżały kromki chleba udekorowane jak na uroczyste przyjęcie.

– Och, nic takiego... – Pani Stanisława uśmiechnęła się skromnie.

– Monika ma w zwyczaju jadać zamówioną chińszczyznę – wtrącił Jonasz.

– Coś podobnego! – żachnęła się pani Stanisława. – I ty na to pozwalasz? Dziwię ci się, Jonaszu – strofowała go jak ciotka, nie gosposia.

– Nie pozwalam – odpowiedział, wzruszając ramionami. – Robi to po kryjomu. Pani Stasiu, poproszę o sok pomarańczowy, filet z suma z czerwonym kawiorem i kostkami papai.

Nie minął kwadrans, a dziwne danie stało przed Jonaszem. Gospodyni musiała wiedzieć, co jej pracodawca lubi, i miała wszystkie produkty pod ręką.

– Smacznego – powiedziała i wyszła.

– Słyszałem, jak pani Stasia mówiła, że oczy ci błyszczą, gdy opowiadasz o swojej pracy. Czy wiesz, że nie tylko wtedy? – spytał, wpatrując się we mnie z uśmiechem. – I mam nadzieję, że wówczas lśnią o wiele bardziej.

– Nic na to nie poradzę, że tak na mnie działasz. – Odwzajemniłam uśmiech.

– Uwielbiam tak na ciebie działać – zamruczał.

– Jonasz, nic nie kombinuj. Muszę pracować.

– Nie musisz.

– Muszę i chcę. Kocham swoją pracę.

– Wolałbym, żebyś pokochała mnie. – Ton jego głosu spoważniał.

– Nie zaczynaj, proszę cię. Było tak miło.

– Ja nie zrezygnuję, Moniko – powiedział stanowczo. – Chcę czegoś więcej. Seks bez zobowiązań mnie nie interesuje, nie z tobą.

– Nie mam już do ciebie siły. – Westchnęłam. – Znasz moje stanowisko w tej sprawie.

– Nie akceptuję go. Sprawię, że obdarzysz mnie uczuciem. Potrafię, dobrze o tym wiem, ale ty zaparłaś się jak osioł i wciąż bronisz się przede mną.

– Jonasz, czy ty musisz wszystko psuć? – zirytowałam się. Jego upór mnie drażnił, osaczał. Z drugiej strony czułam smutek, widząc w nim chłopca, którego nikt nie kochał; więc jako mężczyzna postanowił zmusić kogoś do miłości.

Patrzył na mnie w milczeniu.

– Możemy już jechać? – spytałam. – Musimy wpaść do Krzyśka, a to naprawdę daleko ode mnie.

– Nie musimy – odparł. Wyciągnął z kieszeni klucze do mojego mieszkania i położył na stole.

– Skąd je masz? – bąknęłam kompletnie zaskoczona.

– Od Krzyśka. Pojechałem do niego rano i odebrałem mu twoje klucze. Nie życzę sobie, byś się spotykała z tym palantem.

– Jonasz! Nie możesz tego robić! Nie możesz za mnie podejmować decyzji!

– Przecież nie podejmuję. Odebrałem klucze i już.

– Pojechałeś do domu czy do pracy?

– Do domu – odparł obojętnym tonem.

– Skąd wiedziałeś, gdzie mieszka? – drążyłam, coraz bardziej zdenerwowana.

Nieznacznie wzruszył ramionami.

– Dla mnie zdobycie takich informacji to żaden problem.

– Zauważyłam! Wiesz nawet, o której siadam do komputera, a pracuję głównie w domu, sama. Wiesz, z jakiego miasta pochodzę i co robią członkowie mojej rodziny. To nie w porządku. Tak nie wolno. Jeśli chciałeś się czegoś o mnie dowiedzieć, trzeba było zapytać. Mnie. Ludzie ze sobą rozmawiają, a nie zdobywają informacje pokątnie, za plecami. Skąd, do cholery, wiesz, o której siadam do kompa?!

– Po pierwsze sama mi o tym powiedziałaś, a po drugie w firmie również znają twój rozkład dnia – odparł spokojnie, niemal flegmatycznie. – Powiedzieli, że przed dziesiątą nie ma sensu do ciebie dzwonić, bo śpisz i nie odbierasz telefonów.

No tak. Wielokrotnie rozmawiałam o tym z szefem i z Joanną. Akceptowali to. Pracowałam według własnego grafiku, ale nigdy nie nawalałam. Wiedzieli, że to głównie dzięki mnie mamy tyle zleceń i tylu zadowolonych klientów.

Uspokoiłam się trochę.

– Chodźmy. Naprawdę muszę już jechać.

Nie był zadowolony, ale wstał. Wyszliśmy w milczeniu. Otworzył drzwi od strony pasażera, poczekał, aż się usadowię, i lekko je zamknął. Usiadł za kierownicą i ruszyliśmy.

– Nie lubię się z tobą rozstawać w takiej atmosferze – powiedział nagle.

– Ja też nie lubię się z tobą kłócić.

– Masz ochotę na powtórkę z wczorajszego wieczoru? – spytał, nie patrząc na mnie. Nawet tonu głosu nie zmienił. Ale już sama sugestia sprawiła, że momentalnie nabrałam ochoty. Doszłam jednak do wniosku, że nie mogę mu wciąż ulegać. Musi zrozumieć, że się nie zgadzam, by mną manipulował poprzez seks. Wtedy miał nade mną władzę całkowitą. Dobrze o tym wiedział i próbował tę zasadę przenieść na inne sfery mojego życia. Nie mogłam mu na to pozwolić.

Alarm wewnętrzny wył bardzo głośno.

– Nie teraz. Robota czeka. Ile razy mam ci to powtarzać? Muszę i chcę pracować.

– Masz nienormowany czas pracy – zauważył. – Możesz zacząć dwie godziny później.

– Nie. – Byłam stanowcza. – Nie zachowuj się jak kapryśne dziecko, które chce zjeść deser przed obiadem. Mam swój plan dnia. Pamiętasz?

Spojrzałam na niego ukradkiem. Był wściekły jak cholera. Zacisnął mocno szczęki, broda mu drżała jak sejsmograf tuż przed trzęsieniem ziemi.

– Wiem, że jesteś bardzo pracowita i utalentowana, ale uwierz: wystarczyłby jeden mój telefon, żebyś już nigdy nie otrzymała żadnego zlecenia – wycedził przez zaciśnięte zęby.

Tego już było za wiele! Przesadził, i to bardzo!

– To jest... – próbowałam znaleźć odpowiednie słowo. – To jest zwykłe świństwo! – zawołałam. – Nie, to jest kurewstwo! Jak możesz coś takiego mówić?!

– Mogę – powiedział lodowatym tonem.

– Proszę bardzo! Wykonuj ten swój telefon! Ale nigdy w życiu nie waż mi się pokazać na oczy!

Cała dygotałam. Trzęsienie ziemi właśnie nadeszło.

– Nie powiedziałem, że tak zrobię. Powiedziałem, że mógłbym tak zrobić.

– Zabrzmiało jak szantaż.

– Tak miało zabrzmieć. – Spojrzał mi prosto w oczy i przyglądał się dłuższą chwilę. Nie potrafiłam niczego wyczytać z jego twarzy. Albo tak się kontrolował, albo ja byłam tak wkurzona.

– Pod zły adres trafiłeś! Nie pozwolę się szantażować!

Zaparkował pod moim domem.

– Przepraszam – powiedział zdawkowo. Jakby przepraszał mnie za jakieś głupstwo, a nie groził utratą posady. – Wpadnę do ciebie wieczorem.

– Cześć – rzuciłam oschle.

– Monika! – krzyknął. – Wpadnę do ciebie wieczorem!

– Dobrze! – zawołałam, bo czułam, że w przeciwnym razie wbiegnie za mną do bramy i pożegnanie się przedłuży, a ja naprawdę chciałam zakończyć dziś ten projekt. Wiedziałam też, że nie spotkam się z nim wieczorem. Celowo skłamałam, bo musiałam się zastanowić nad przyszłością. Sama.

Jeszcze nie dotarłam do mieszkania, a już zabrzęczała komórka. Odebrałam.

– Jonasz, chcę się skupić na projekcie. Proszę cię, nie przeszkadzaj mi teraz.

– Będę około dwudziestej – usłyszałam.

– Dobrze, ale nie dzwoń przez najbliższych kilka godzin.

– Do wieczora.

– Dobrze, cześć.

Zrobiłam sobie kawę i usiadłam do komputera. Dużo wysiłku mnie to kosztowało, by odepchnąć na bok wszystkie dręczące myśli i skupić się wyłącznie na pracy. Jakoś mi się udało. Skończyłam tę stronę! Spojrzałam na zegarek. Do dwudziestej było jeszcze trochę czasu. Wzięłam komórkę do ręki i wybrałam numer Nadii.

Znałyśmy się jeszcze z Pabianic, chodziłyśmy do jednej klasy w podstawówce i siedziałyśmy w jednej ławce. W liceum nasze kontakty mocno się rozluźniły, bo Nadia z rodzicami przeprowadziła się do Łodzi i byłam pewna, że również tam podejmie studia. Ja także zamierzałam studiować w Łodzi. Wszystko się zmieniło, gdy podczas pobytu w Mielnie po ukończeniu drugiej klasy ogólniaka poznałam Krzysztofa. Początkowo myślałam, że to tylko wakacyjna przygoda, ale przez całą trzecią klasę Krzysiek przyjeżdżał, dzwonił, no i się zakochałam. Wtedy podjęłam decyzję, że będę studiowała w Gdańsku. Rodzice bez obaw wyrazili zgodę, bo mieszkała tu siostra mamy, którą bardzo ta wiadomość ucieszyła. Ciotka zaofiarowała mi dach nad głową, a ja w zamian swoje towarzystwo.

Jak wielkie było moje zdziwienie, gdy po kilku dniach na uczelni wpadłam na Nadię! Okazało się, że ją również miłość zaciągnęła aż do Gdańska, acz w przypadku Nadii uczucie zakończyło się równie szybko co studiowanie. Nie wróciła jednak do Łodzi. Atrakcyjna i zaradna, szybko załatwiła sobie pracę jako sekretarka w niezłej firmie. Stać ją było na wynajęcie atrakcyjnego mieszkania. Sądzę, że taka sytuacja jej odpowiadała. Rodzice Nadii nie pochwalali rozwiązłego trybu życia córki, ale z dala od nich była poza ich krytyką i kontrolą. Co do nas – od dnia, w którym spotkałyśmy się na uczelni, nasza przyjaźń z podstawówki odżyła ze zdwojoną siłą.

Odebrała po drugim sygnale.

– Cześć. Skończyłam stronę. Co robisz dziś wieczorem?

– To co zawsze. – Roześmiała się. – Wpadam do ciebie z winem.

– Nie tym razem. Spotkajmy się gdzieś na mieście – zaproponowałam.

– Nie poznaję cię! Nie znosisz klubów. Ostatnio, gdy cię wyciągnęłam, miałaś minę, jakbyś szła na tortury!

– Bo tak się czułam – przyznałam.

– Skąd więc ta zmiana?

– Wyjaśnię ci na miejscu. A, Nadia, i niech to będzie jakiś mało znany klub.

– Dobrze. Już nawet wiem, gdzie pójdziemy. – Podała mi nazwę lokalu i adres. – To o dwudziestej?

– Tak, o dwudziestej – potaknęłam, ale gdy tylko się rozłączyłam, zmieniłam zdanie. Postanowiłam wyjść z domu znacznie wcześniej. Najlepiej od razu. Pomyślałam, że najwyżej pochodzę po galerii handlowej. Może coś sobie kupię? Wskoczyłam w obcisłą, czerwoną sukienkę. Była uniwersalna i pasowała zarówno do klubu, jak i do galerii. Kończyłam robić makijaż, gdy usłyszałam dźwięk telefonu. Spojrzałam na wyświetlacz: Krzysiek. A ten czego znów chce?

– To ja – odezwał się.

– Wiem.

– Jesteś sama?

– Tak, a o co chodzi? Tylko nie mów, że znowu chcesz u mnie pracować? – zaniepokoiłam się.

– Nie, muszę się z tobą spotkać i to jak najszybciej, ale nie u ciebie.

– Dobrze się składa. Jestem umówiona na dwudziestą, więc mam jeszcze trochę czasu. Gdzie chcesz się spotkać?

– W kawiarni na Chełmońskiego. To w połowie drogi między naszymi domami. I mam prośbę...

– Słucham? – Coraz bardziej intrygowała mnie ta rozmowa.

– Nie mów Jonaszowi o naszym spotkaniu.

– Nie powiem.

– Na pewno?

– Tak.

Dokończyłam makijaż, zadzwoniłam po taksówkę i wyszłam z domu. Znalazłszy się w bezpiecznej odległości od mojego osiedla, wyjęłam komórkę i napisałam SMS-a:

„Zmieniły mi się plany na dzisiejszy wieczór. Nie spotkamy się". Wysłałam wiadomość. Minęło ledwie kilkanaście sekund i mój telefon rozdzwonił się jak oszalały. Nie mogłam go wyłączyć, więc chociaż wyciszyłam, bo taksówkarz zaczął mi się dziwnie przyglądać we wstecznym lusterku. Po kwadransie byłam na miejscu.

Rozdział dziesiąty

Krzysiek już czekał. Uśmiechnął się na mój widok, pomachał ręką, ale nie umknęło mojej uwadze, że był zdenerwowany.

– Dzięki, że przyszłaś. To z Jonaszem umówiłaś się na dwudziestą, tak? – spytał bez ogródek.

– Nie.

Przez dłuższą chwilę przyglądał mi się uważnie, jakby oczekiwał dalszych wyjaśnień.

– A z kim? – nie rezygnował.

– Krzysiek, nieważne. Nie jesteśmy już małżeństwem i nie muszę ci się tłumaczyć.

– Nie poznaję cię. – Pokręcił głową. – Zmieniłaś się, Monika. I ta sukienka!

– Coś z nią nie tak?

– Nie! – zaoponował. – Wyglądasz ślicznie.

– O czym chciałeś ze mną porozmawiać? – przeszłam do konkretów, ucinając te zachwyty. Myślałby kto, że nagle mnie docenił.

– O Jonaszu Czarneckim.

– Zamieniam się w słuch.

– Co cię z nim łączy? – zaczął tonem inspektora śledczego.

– To wyłącznie moja sprawa.

– Nie chcę się wtrącać w twoje życie, ale martwię się o ciebie. – Teraz mówił jak do osoby chorej.

– Uwierz, potrafię sama się o siebie zatroszczyć.

– Nie sądzę. Mówiłem ci już, że to niebezpieczny facet. Za fasadą tych wszystkich hoteli prowadzi szemrane interesy. Wszyscy o tym wiedzą. Nie masz pojęcia, w co się pakujesz, dziewczyno!

– Krzysiek, my się tylko spotykamy. Niezobowiązująco. Nic poza tym.

– On chyba ma inne zdanie na ten temat. – Skrzywił się jak po ugryzieniu cytryny.

– Nie rozumiem.

– Wpadł dziś do mnie, do mojego domu, i zażądał kluczy do twojego mieszkania. Dokładnie: zażądał. Kategorycznie. Obudził Julkę. Poprosiłem go, żebyśmy porozmawiali na zewnątrz. Na szczęście miał na tyle przyzwoitości, że się zgodził.

– Co dalej?

– Kazał mi trzymać się od ciebie z daleka. Ostrzegł, że jeżeli nie zniknę z twojego życia raz na zawsze, będę mieć poważne problemy. Podkreślił, że jesteś dla niego kimś bardzo ważnym, więc mam się od ciebie, cytuję, odpierdolić.

– O cholera!

– Dokładnie. – Krzysiek pokiwał głową. – Więc co cię z nim łączy? Ale tak naprawdę.

Wzruszyłam ramionami.

– Z mojej strony to zwykła niezobowiązująca znajomość, mówiłam ci.

– Ale z jego strony to coś więcej, dużo więcej, tak?

– Na to wygląda – przyznałam z niechęcią.

– Nie chcę kłopotów – wyznał. – Ale martwię się o ciebie jak cholera. Jeżeli jemu na tobie zależy, a wszystko wskazuje, że owszem, to nie odpuści. Rozumiesz? Tacy jak on nie odpuszczają. Będzie tak, jak on chce.

– To się jeszcze okaże – odparłam buńczucznie. – I nie martw się. Zrobię wszystko, żebyście ty, Julka i Daniel byli bezpieczni.

– Nika, czy mogę ci zadać osobiste pytanie?

– A co niby robiłeś do tej pory?

Uśmiechnął się.

– Chciałem zapytać, co miałaś na myśli, mówiąc o niezobowiązującej znajomości? Chodzi o seks?

– Tak – odparłam po chwili wahania.

– Nie kochasz go?

– Nie.

– Jest taki dobry w łóżku?

– Chyba za daleko się posuwasz – przystopowałam go. Nie zamierzałam wprowadzać byłego męża w szczegóły mojego erotycznego układu z Jonaszem.

– Przepraszam. Po prostu dostrzegam w tobie rzeczy, których wcześniej nie widziałem. I... – urwał.

– I...? – Uniosłam brew.

– I mogłoby nam być świetnie, gdybym je wcześniej zauważył i docenił.

– Krzysiek, mnie z tobą było dobrze. Póki trwało, nie narzekałam, ale to już przeszłość, więc nie rozgrzebujmy tego.

– Mnie też było dobrze, ale nie o przeszłości mówię. Pomyślałem, że to się nie musiało tak skończyć, że mogłoby trwać dalej. Gdy cię teraz widzę, w innym świetle, żałuję.

Przytknęłam dłoń do jego ust. Bredził. Stałam się owocem zakazanym, więc nagle zyskałam na atrakcyjności. Typowe.

– Nie mów ani słowa więcej. Masz żonę i synka. Kochaj ich, troszcz się o nich. I nie spieprz tego małżeństwa, tak jak spieprzyłeś nasze. Ja sobie poradzę.

– On cię kocha, Nika. Ten typ się w tobie zakochał, więc może być nieobliczalny, nie dasz sobie z nim rady.

– Opowiadasz bzdury – bagatelizowałam sprawę.

– Jestem facetem i wiem, jak się zachowuje mężczyzna, który stracił głowę dla kobiety.

– Ale sam musiałeś zauważyć, że to nie jest zdrowa miłość. Coś sobie uroił, coś mu się wydaje. W końcu przejrzy na oczy. – Szczerze w to wierzyłam. A raczej nie wierzyłam już w bajkę „żyli długo i szczęśliwie".

– Chciałbym, żebyś miała rację, ale nie sądzę. Możesz się przejechać na tej swojej pewności siebie. Osobników pokroju Jonasza nie da się kontrolować, są groźni.

– Muszę już lecieć. – Ostentacyjnie spojrzałam na zegarek. Miałam dosyć jego kasandrycznych wizji. Jakbym sama nie wiedziała, że Jonasz nie należał do łatwych mężczyzn. – Zadzwonię po taksówkę, a ty się nie martw. Zadbam o wasze bezpieczeństwo.

Tego brakowało, żeby z powodu mojego romansu ucierpiał Krzysztof albo ktoś z jego rodziny. Zranił mnie, bardzo, ale Krzysiek to Krzysiek, zawsze będzie mi bliski.

– Pozostańmy w stałym kontakcie – powiedział, odruchowo ściszając głos. Co za konspiracja. – Po prostu gdy Jonasz będzie w pobliżu, nie odbieraj. A chcę mieć z tobą kontakt, by trzymać rękę na pulsie, wiedzieć, że wszystko jest dobrze i nic złego się nie dzieje. Chyba na tyle mogę liczyć po tych wspólnych latach, co?

– Poczekaj – poprosiłam i zamówiłam taksówkę. Potem przedstawiłam mu mój plan: – Kup nową kartę do telefonu i puść mi głuchacza. – Zapiszę sobie ciebie jako... Ilonę. Zostaniesz moją koleżanką. – Roześmiałam się. – Koleżanką, z którą często nie chce mi się gadać, bo jest upierdliwa.

Spojrzał na mnie z uznaniem.

Nim zdążyłam dojechać do kawiarni na Chełmońskiego, już miałam w kontaktach nowy numer Krzyśka-Ilony. Przy okazji zauważyłam całą masę nieodebranych połączeń od Jonasza. Były też SMS-y. Odczytałam pierwszy z brzegu:

„Monika, gdzie jesteś, do cholery?! Martwię się! Pragnę cię! Co ty mi robisz?!" Inne miały podobną treść. „Pragnę cię!" – czemu to napisał? Bo nawet za pomocą SMS-ów próbował mną manipulować!

Zadzwoniłam do Nadii, uprzedzając, że niedługo dotrę, i wyłączyłam telefon.

Ucieszyła się, że jestem sama. Czyżby wolała unikać Jonasza?

– To co, po lampce wina? – spytała, przytulając mnie mocno.

– Najlepiej zamów butelkę wódki – odparłam.

– Już się robi! – przystała ochoczo, jednocześnie zerkając na mnie podejrzliwie. Zorientowała się chyba, że mam problem. – Jaki sok?

– Wszystko jedno. – Westchnęłam i opadłam na miękką klubową kanapę.

Nadia wróciła po paru minutach.

– Myślałam, że będziemy opijać zakończenie twojego projektu, ale widzę, że chyba upijemy się na smutno. – Przyglądała mi się uważnie, stawiając alkohol na stoliku. – A tę stronę na pewno skończyłaś?

– Tak. I jestem z niej zadowolona – odpowiedziałam, hojnie nalewając sobie wódki do szklanki. Uzupełniłam ją sokiem. – I przepraszam cię.

– Za co? – udawała zdziwioną.

– Za Jonasza. Za tę sytuację u mnie w domu.

– Byłam trochę zdezorientowana – przyznała. – Powiedziałaś, że mam wolną rękę.

– Bo tak było. Nie chcę komplikacji uczuciowych, przecież wiesz.

– Wiem – przytaknęła.

– Nie przewidziałam reakcji Jonasza i za to cię przepraszam.

– Oj, wiem, że nie przewidziałaś. Byś widziała swoją minę, gdy oznajmił: „Monika jest wszystkim, czego teraz potrzebuję". Byłaś chyba bardziej zszokowana niż ja.

– Więc się nie gniewasz?

– Nie, no coś ty. Po prostu dostałam kosza, pierwszego w życiu co prawda, ale to nie twoja wina. Później żałowałam, że cię wyciągnęłam do tego klubu. – Roześmiała się i teraz ona rozlała wódkę do szklanek. – Potem jednak coś zrozumiałam.

– Co?

– On by mnie przeleciał i tyle. Na tym by się skończyło. Ty jesteś dla niego kimś więcej.

– I to jest właśnie mój pech. – Znowu westchnęłam ciężko i dolałam wódki do naszych drinków. A potem opowiedziałam jej prawie wszystko, pomijając perwersyjne, mocno intymne detale, traumatyczne przeżycia Jonasza z dzieciństwa, a sytuację z Krzyśkiem wygładziłam, mówiąc tylko tyle, że Jonasz nie życzy sobie obecności mojego byłego męża w moim teraźniejszym życiu.

– Chciałabym mieć takiego pecha – skwitowała i przygotowała następnego drinka. Były coraz mocniejsze. Zaburzały nam się proporcje: dużo wódki, mało soku.

– Nadia, co ty pieprzysz?

– Zrobiłabym wszystko dla takiego faceta. Przystojny, wpływowy i nadziany.

– Nie stawiam kasy na pierwszym miejscu, a to, co zarabiam, w zupełności mi wystarcza. Zaś jego interesy mają chyba, hm, nielegalny charakter.

– Tak słyszałam – odparła ku mojemu zaskoczeniu. – Ale ma też władzę.

– Skąd wiesz?

– Mońka, kobieto! Wszyscy to wiedzą. No, może ty jedna nie. Byłaś dobrą żoną, siedziałaś w domku i przygotowywałaś obiady. Nie szlajałaś się po nocnych klubach, a jedyną twoją rozrywką były zakupy w hipermarkecie, no i twoja praca. Nie obraź się, ale ci, kurwa, zazdroszczę – bełkotała. Była już nieźle wcięta. Ja zresztą też.

– Nadia, to znaczy, że mi nie pomożesz? Nie chcę wracać do domu. I nie chcę się z nim spotykać. Mam nadzieję, że odpuści.

Roześmiała się głośno.

– Nie, Monika! On nie odpuści! Ale oczywiście ci pomogę. Zrobię, co zechcesz. Chcesz się u mnie zadekować? Proszę bardzo! Na jak długo sobie pani życzy!

– To nie jest dobry pomysł. On wie, że się przyjaźnimy.

– Też sądzę, że to pomysł do bani, ale dla ciebie wszystko.

– Przez kilka dni przenocuję w jakimś hotelu albo motelu, małym, niepozornym, nierzucającym się w oczy. Muszę pomyśleć.

– Potrzebujesz lewego dowodu, pieniędzy? Mów, wszystko ci dam.

– Dziękuję, Nadia – powiedziałam, nie zastanawiając się, skąd moja przyjaciółka wzięłaby fałszywe dokumenty. Zrobiłam sobie kolejnego drinka.

– Tańczycie? – usłyszałam za plecami. Odwróciłam się. Dwóch całkiem do rzeczy samców wpatrywało się w nas łakomym wzrokiem. – Tak piękne kobiety nie mogą nie tańczyć – odpowiedział sobie na pytanie wysoki blondyn. – Mam na imię Iwo, a to jest Maciek.

– Oczywiście, że tańczymy – odparłam i nieco chwiejnie ruszyłam na parkiet. Nadia za mną.

Byłyśmy już porządnie wstawione, ale pozwoliłyśmy postawić sobie kolejnego drinka, a potem znów tańczyłyśmy. Leciał jakiś wolny kawałek. Iwo przytulił mnie, a ja oparłam głowę o jego tors. Nadia całowała się z Maćkiem. Pomiędzy namiętnymi pocałunkami uśmiechała się do mnie znacząco, do chwili gdy w jej oczach zobaczyłam przerażenie. Nie zdążyłam się zorientować, o co chodzi, gdy usłyszałam za sobą ostry, kategoryczny głos:

– To moja kobieta! Zabieraj łapska! Już!

Iwo pobladł.

– Przepraszam, Jonasz – wydukał. – Nie wiedziałem. Nie miałem pojęcia...

– Dla ciebie: pan Jonasz! – warknął.

– Tak, oczywiście. Gdybym wiedział, nigdy bym się do niej nie zbliżył. Nigdy! Przysięgam! – Więcej nie zdążył powiedzieć. Wszystko wydarzyło się błyskawicznie. Nim się spostrzegłam, leżał pod ścianą z krwawiącym nosem, z trudem łapiąc oddech, a obok niego Maciek zwijał się z bólu, trzymając się za brzuch.

– Odwieź ją – rozkazał komuś Jonasz, wskazując brodą Nadię. A więc ona też została uwikłana w tę grę. Jedynym jej błędem było to, że przespała się z Dominikiem.

– Co ty, kurwa, wyprawiasz?! – Jonasz trzymał mnie mocno za ramiona. – Co ty mi, kurwa, robisz?!

– Nie domyślasz się?! – zapytałam odważnie. – Nie jestem jedną z twoich panienek! A twoją kasę i całą resztę mam głęboko w dupie. – Czułam, że język mi się plącze i mówię dziwnym, nieswoim głosem.

– Przestań! Nigdy nie traktowałem cię jak panienkę na jedną noc. Dobrze wiesz, że chcę czegoś więcej. Idziemy. Jesteś kompletnie pijana! – Wziął mnie za rękę i wyprowadził z klubu. Nie miałam siły protestować, gdy wsadzał mnie do samochodu i zapinał pasy jak dziecku.

– Dokąd jedziemy? – wymamrotałam.

– Do mnie – odparł. – I, kurwa, więcej mi takich numerów nie rób! I nie pij tyle!

– Będę robiła, co mi się podoba! – odpowiedziałam i roześmiałam się.

– Nie będziesz! – wycedził lodowato. – Jesteś moją kobietą. Jesteśmy w związku!

– Byliśmy – zaprotestowałam. – Nikt nie będzie mnie szantażował. Ani do niczego zmuszał!

– Mylisz się – odparł cicho. – Jesteśmy w związku. Jesteś moja. I do jednej rzeczy nie trzeba cię zmuszać.

Zatrzymał znienacka samochód, ujął moją twarz w dłonie i zaczął mnie całować. Na początku delikatnie, potem coraz mocniej. Jeszcze minutę temu chciałam się wyrwać, odepchnąć go, ale teraz nie zostało śladu po mojej stanowczości i niezależności. Pragnęłam tylko jego dotyku, pragnęłam czuć jego ciepło i silne ciało. Wsunął mi rękę za dekolt, uwalniając piersi. Chwycił brodawki w palce i zaczął je pocierać, pociągać, skubać. Jęknęłam. Przestał mnie całować, odsunął twarz, wpatrując się w moje oczy. Zdawał się niewzruszony i tylko po spłyconym oddechu wiedziałam, że też jest podniecony. Zabrał ręce z moich piersi, lewym ramieniem objął mnie mocno w pasie, a prawą dłoń wsadził między moje uda. Odsunął pasek materiału, który bronił mu dostępu, wsunął we mnie dwa palce i zaczął uciskać ścianę pochwy. Zaczął mieszać.

– Rozchyl szerzej nogi.

Zrobiłam to niemal automatyczne, tracąc świadomość i rozsądek.

– Jeszcze szerzej.

Nie byłam w stanie zapanować nad jękami wydobywającymi się z mojego gardła, z moich ust, ze mnie. A on nie odrywał ode mnie wzroku. Nagle zauważyłam diabelski błysk w jego oczach.

– Widzisz, do tego cię nie trzeba zmuszać. Tego pragniesz – mruczał. – I pragniesz to robić tylko ze mną. Zgadza się?

– Tak – odpowiedziałam, z trudem łapiąc oddech.

– Wystarczy, że cię dotknę, a jesteś cała mokra.

– Jonasz!

– Tak, kochanie?

– Wejdź we mnie. Proszę!

Uśmiechnął się i wprawnym ruchem przesunął mój fotel do tyłu.

– Chcesz delikatnie czy na ostro? – spytał.

– Chcę mocno – jęknęłam. – Bardzo ostro! Już dłużej nie dam rady.

– Chcesz, żebym cię pieprzył?

– Tak! Jonasz, teraz.

– To powiedz to!

– Chcę bardzo ostro!

– Nie, powiedz, co mam ci zrobić – droczył się ze mną.

– Pieprz mnie tak, jak jeszcze nikt mnie nie pieprzył! – zawołałam. – Zerżnij mnie, i zrób to teraz!

Wszedł we mnie gwałtownie i poruszał się szybko, mocno. Pchał raz za razem. A potem pchnął tak, że wszystko zawirowało. Moim ciałem targnęły konwulsje. Krzyknęłam i poczułam, jak jego ciało drży, by za chwilę zesztywnieć.

– O kurwa! Monika! – zawołał i przygniótł mnie sobą. Dyszał ciężko.

Przywarłam do niego, wplatając palce w jego włosy. Odsunął się jednak i uwolnił od moich rąk. Wziął głęboki oddech.

– Jedziemy – powiedział chłodno.

– Co się stało? – spytałam zaskoczona.

– Coś wymknęło się spod kontroli. Masz niezapięty pas – zwrócił mi uwagę.

– Co ci się wymknęło spod kontroli? – spytałam łagodnym tonem. – Chciałabym wiedzieć.

– Nie pieprzę się z pijanymi kobietami – warknął, wyraźnie zły na siebie. – Nie tak miało być. Choć – przyjrzał mi się z ironicznym uśmieszkiem – prawie wytrzeźwiałaś.

– Przecież to ty zacząłeś – zauważyłam. – W przeciwnym razie pewnie zasnęłabym po pięciu minutach.

– Kurwa! – zezłościł się. – Chciałem ci tylko przypomnieć, że do pewnych rzeczy zmuszać cię nie trzeba! Ale... – urwał i zacisnął ręce na kierownicy.

– Straciłeś kontrolę nad sobą, tak? – Teraz ja się uśmiechnęłam z kpiącą satysfakcją. – Jesteś facetem. Mężczyźni ponoć tak mają.

– Jeśli tego chcą. Ja dziś nie chciałem – odparł stanowczo i ściągnął usta w wąską kreskę. Kolejny z jego wymownych gestów. – Byłem... – urwał. – Jestem – poprawił się – wściekły na ciebie. Chciałaś odejść?

– Tak.

– Ode mnie się nie odchodzi – mruknął.

– A mnie się nie szantażuje.

– Monika, kurwa! – znów się zirytował. – Wciąż mi powtarzasz, że nie można nikogo zmusić do miłości. Ja to, kurwa, wiem. Ale nie odejdziesz ode mnie! Po prostu się do tego przyzwyczaj.

– Jasne. Będziesz mnie pieprzył na milion sposobów, uzależnisz od siebie, a potem zostawisz jak zużytą, niepotrzebną rzecz! – zawołałam. – To po to chcesz mnie rozkochać w sobie? Bym znowu cierpiała?!

Poczułam, jak pas bezpieczeństwa wbija mi się w ciało. Samochód zahamował z piskiem opon.

– Tego się boisz? Dlatego się przede mną bronisz? Kurwa mać! Jakie ty masz o mnie zdanie?! Chcę z tobą być. Kurwa, ja chcę się z tobą zestarzeć! – krzyczał. – Przysięgam. A wszyscy w tym mieście wiedzą, że kiedy ja coś obiecuję, to dotrzymuję słowa. Tylko nie ty! Ja nawet nie muszę obiecywać, bo wiadomo, że nie zwykłem rzucać słów na wiatr! Ale tobie obiecuję. Nigdy cię nie zostawię. Więc, do kurwy nędzy, przestań się wreszcie opierać! I nie wycinaj mi więcej takich numerów jak dziś.

– Zawsze oblewam z Nadią zakończenie projektu – zaszemrałam, przestraszona jego wybuchem i przejęta do głębi tym, co usłyszałam. – Zawsze – dodałam nieco bardziej zdecydowanie.

– I zawsze przytulasz się do jakichś kutasów?! – Próbował się opanować, ale w środku wciąż wrzał.

– My po prostu tańczyliśmy – usprawiedliwiałam się. – Byłam pijana i...

– On traktował to jak grę wstępną – przerwał mi. – Chciał cię przelecieć. Zgodziłabyś się, gdym nie przyjechał?!

– Za kogo mnie masz, do cholery?! – Teraz ja się wkurzyłam. – Mogę być pijana, ale wiem, co robię.

– Ze mną nie.

– Z tobą nie – przyznałam mu rację. – Nie moja wina, że działasz na mnie jak prywatny narkotyk.

– I nie dopuszczę, żebyś kiedykolwiek sprawdziła, czy ktoś inny podziała na ciebie w podobny sposób. Jesteś moją kobietą. Pogódź się z tym – cedził słowa, jakby je z siebie wyrywał, jakby chciał, żeby każde wyryło mi się w pamięci. – Nawet jeśli mnie nie pokochasz, nie pozwolę ci odejść. Choć, kurwa, stanę na głowie, żebyś się otworzyła. Nawet gdybym cię miał skrzywdzić! Tak, cel uświęca środki. Nawet gdybym miał cię zranić, by obudzić w tobie uczucie do mnie, zrobię to bez wahania!

Byłam przerażona. Miał nade mną władzę. Fizyczną; i wcale nie mówię o tym, że był silniejszy. Miękłam w jego rękach jak wosk, pozwalałam mu na wszystko, robiłam, co chciał. Zrozumiałam nagle, że faktycznie jestem jego kobietą. Nie odejdę od Jonasza, póki mnie nie odtrąci. Nie ucieknę daleko, bo wystarczy, że mnie dotknie... A większej krzywdy nie mógłby mi zrobić, niż rozkochać w sobie i porzucić. W każdym nałogu najgorsze jest uzależnienie psychiczne.

Ogarnął mnie paniczny strach. Gróźb, że mnie zrani celowo, abym mu zaufała, nie traktowałam poważnie. Brzmiały zbyt absurdalnie. Tylko masochistka mogłaby się zakochać w facecie, który rozmyślnie przysparza jej cierpienia. Jonasz mnie skrzywdzi niechcący, może nawet będzie mu głupio po tych wszystkich solennych obietnicach. Ale stanie się i nic na to nie poradzi. Tacy faceci jak on nie wiążą się z takimi kobietami jak ja. Coś sobie wmówił, ale w końcu wyleczy się z tego dziwnego, niezrozumiałego, erotycznego pociągu do mojej osoby. Dlatego musiałam się bronić, by do tęsknoty ciała nie dokładać wyjącej z utęsknienia duszy, by nie żebrać: nie opuszczaj mnie. Oczywiście Jonasz, jak każdy apodyktyczny typ, widział sprawy po swojemu. I opacznie zrozumiał mój strach.

– Mam nadzieję, że nigdy nie będę musiał posunąć się do ostateczności. Nie bój się mnie. Ale nie pozwolę ci odejść, zapamiętaj sobie.

Dojechaliśmy na miejsce. Jonasz wysiadł z samochodu, obszedł go, otworzył drzwi i podał mi rękę. Wyciągnął pilota, zamknął auto, potem wprowadził mnie po schodach do swojego domu.

– Kąpiel i do łóżka – polecił. – Chętnie bym się wykąpał z tobą, ale boję się, że bym cię zerżnął, zanim dotarlibyśmy do łazienki, a zależy mi, żebyś się porządnie wyspała. Po dzisiejszym frustrującym dniu mam ochotę na lekkie BDSM.

– Na co? – nie zrozumiałam, ale moje serce przyspieszyło. Z ekscytacji. Wszystko, co proponował Jonasz, było ekscytujące.

– Na BDSM. – Dostrzegłam ogniki rozbawienia w jego oczach. – Zdaję sobie sprawę, że nie wiesz, co to jest, ale sądząc po tym, jak na mnie reagujesz, spodoba ci się. A teraz do łazienki, marsz.

Po kąpieli zasnęłam wtulona w jego ramiona. I nie miałam już siły zastanawiać się, co to jest BDSM.

Rozdział jedenasty

Ze snu wyrwał mnie krzyk jakiegoś faceta stojącego nad łóżkiem.

– Kurwa, Jonasz?! Co ona tu robi?! Nigdy nie było tu żadnej laski!

– Ale teraz jest. To moja kobieta! – wrzasnął Jonasz, wyjaśniając sprawę intruzowi i całej okolicy przy okazji.

– Mam nadzieję, bo inaczej mogłaby mieć kłopoty.

– Nawet o tym nie myśl, bo ci jaja urwę! Kurwa, chyba mówię jasno! Ona jest nietykalna!

– Tak jest, szefie! Po prostu mnie zaskoczyła!

Patrzyłam, jak Jonasz szybko zeskakuje z łóżka, wkłada dżinsy, w jego dłoni przez moment mignęła broń. Wróć! Broń?! Co się tu dzieje?! Może to sen? Uszczypnęłam się. Zabolało. Matko Boska! Byłam wstrząśnięta tak bardzo, że nawet zapomniałam się bać.

– Monika, musisz wstać na chwilę, szybko! – poganiał mnie wyraźnie zdenerwowany.

Zerwałam się na równe nogi i stanęłam obok łóżka, patrząc jak zahipnotyzowana.

– No, kurwa, rusz się, Rudy! – wrzasnął do wysokiego, potężnie zbudowanego mężczyzny; miał ogoloną głowę, ale jego rzęsy i brwi faktycznie były rude. Facet podbiegł do okna i zaświecił latarką, co wyglądało jak znak. Dwa długie świetlne sygnały i jeden krótki.

Wkrótce w sypialni Jonasza zrobiło się jeszcze większe zamieszanie. Wbiegli jacyś mężczyźni, wnosząc kartony z bananami. Wszystko działo się w błyskawicznym tempie. Łóżko, na którym dopiero co spałam, zmieniło pozycję: zagłówek został przesunięty w lewą stronę, odsłaniając ciemną przestrzeń. W niej znikali mężczyźni wraz z kartonami. Piwniczka? Skrytka? W każdym razie pomieszczenie na tyle duże, że zmieściło się tam kilka kartonów – czegoś. Bo raczej nie były to banany.

– Wszystko – zacharczał któryś z tragarzy. – Spadamy! Jutro zrobimy przerzut! A ten chuj już jest martwy!

– Nie wszystko! – krzyknął Jonasz. – A gdzie reszta?! Są tylko te pierdolone banany!

– U człowieka Wasila, szefie. Na szczęście tego towaru nie było u Bełta. I tak dobrze, że dostaliśmy cynk.

– Mieliście ogon?

– Tak, ale go zgubiliśmy, co nie znaczy, że jacyś goście zaraz nie wpadną z towarzyską wizytą.

– Teraz to mogą. Spadajcie!

Po chwili już ich nie było. Miałam wrażenie, że Jonasz odetchnął z ulgą. Łóżko wróciło do normalnej pozycji, ale niespodzianki na dziś jeszcze się nie skończyły. Jonasz ściągnął dżinsy i nagi wszedł pod kołdrę.

– Wskakuj. – Poklepał miejsce obok siebie. Bez słowa wróciłam do łóżka, jakby nic wielkiego się nie stało. Jonasz objął mnie i w tym momencie rozpoczął się ciąg dalszy przedstawienia.

– Co wy wyprawiacie?! – usłyszałam głos pani Stanisławy dobiegający z dołu. – Dlaczego zakłócacie spokój porządnym obywatelom?! Poskarżę się! Pan Jonasz...? A gdzie ma być? Oczywiście, że w domu, od co najmniej dwóch godzin śpi.

Tak, mogę zaświadczyć. Pod przysięgą. Nie, nie wolno tam wchodzić. Nie jest sam! Ma gościa. Tak, dłużej niż dwie godziny. Nigdzie nie wychodził i nikogo innego u niego nie było. – Z podziwem wsłuchiwałam się w dobitny, pełen świętego oburzenia ton pani Stanisławy. Kłamała jak z nut, a brzmiała, jakby mówiła najszczerszą prawdę. – Macie nakaz?

– Nie mamy! – odparł męski głos, również stanowczy i nieustępliwy. – Chcemy tylko zadać kilka pytań. Chyba gospodarz nie ma nic do ukrycia? Interesują nas osoby, które tutaj jechały.

– Nie tutaj, tylko w tym kierunku – poprawił młodszego mężczyznę ktoś znacznie starszy i bardziej doświadczony. Przynajmniej tak mi się wydawało, sądząc po brzmieniu głosu.

Przysłuchiwaliśmy się tej rozmowie – Jonasz wydawał się poważny, ale spokojny, ja dygotałam z przejęcia. Serce podchodziło mi do gardła. Ze strachu, że zaraz wpadnie tu policja. Aresztują Jonasza. Zabiorą go do więzienia. Nie, tylko nie to! A jak zrobią przeszukanie? Przecież to oczywiste, że w tych cholernych kartonach nie było żadnych bananów! Może narkotyki? A jeśli mają psy tropiące? Nie, to bez sensu! Nie mają nawet nakazu. Nie zabiorą mi go, nie pozwolę!

– Dudek! – rozległ się głos starszego z policjantów. – Co ty, kurwa, wyprawiasz? – krzyknął, ale zaraz się zreflektował. – Przepraszam panią za tę...

Reszta słów utonęła w tupocie stóp. Ktoś wbiegał po schodach. Chyba ten cały Dudek nie uwierzył pani Stasi, nie posłuchał kolegi i postanowił sam sprawdzić.

– Weź mnie! – rozkazałam. – Teraz i szybko, bo nie ma czasu.

Spojrzał na mnie zaskoczony.

– Zerżnij mnie, kurwa – szepnęłam ze złością. – Dla ciebie jestem mokra na zawołanie. No, już!

Odszukałam ręką jego członka, chcąc pobudzić Jonasza. Nie musiałam. Był gotowy! Przewrócił mnie na plecy i wdarł się we mnie agresywnie, tak jak w samochodzie. Jęknęłam. Zaczął się poruszać. Kilka mocniejszych ruchów, a potem zaczął mnie rżnąć. Mocno, mocniej, szybko, szybciej. Jezuuu!

– Pan Jonasz Czarnecki?! – w szponach orgazmu dotarł do mnie natrętny głos.

– Nie teraz! – krzyknęłam. – Teraz! Jonasz! Dalej! Aaa!

– Kurwa, Monika!!! – zawołał i poczułam jego dreszcz. Te przekleństwa, które początkowo niezbyt mi się podobały, teraz uwielbiałam. Zrozumiałam, że chcąc wyrazić coś tak intensywnego, potrzeba mocnych słów. Jonasz opadł na mnie, wtulił się w moją szyję, nie zwracając uwagi na policjantów. A oni stali i patrzyli. Ten cały Dudek i jego starszy kolega.

– Złożę na was skargę! – pisnęłam, bez trudu wcielając się w oburzoną obywatelkę podglądaną przez funkcjonariuszy. – Jak można coś takiego robić?! Stoicie tu i gapicie się na nas? To chyba nie jest zgodne z waszymi procedurami. Oskarżę was o podglądactwo!

– Jesteśmy z CBŚ – odezwał się ten starszy. – Piasecki Marek. Komisarz Piasecki. To starszy aspirant Dudek.

– Aha. Nie powiem, że mi miło – odparłam, podciągając kołdrę pod brodę. – Nie wiedziałam, że oglądanie par podczas uprawiania seksu, i to w mieszkaniu prywatnym, leży w sferze waszych zainteresowań. A tak w ogóle macie nakaz, żeby tak tu wpadać bez zaproszenia?

– Nie mamy – odparł Dudek. – I przepraszamy – dodał z przymusem, wyraźnie zmieszany. Naprawdę spodziewał się czegoś zupełnie innego. – Po prostu weszliśmy w nieodpowiednim momencie.

– To trzeba było wyjść i poczekać!

– To działo się zbyt szybko!

– O co chodzi? – zapytał rzeczowo Jonasz, wreszcie włączając się do rozmowy.

– Ścigaliśmy kogoś i podejrzewaliśmy, że mógł się tutaj ukryć – wyjaśnił Dudek.

– Rozumiem, że troszczyliście się wyłącznie o nasze bezpieczeństwo? – Jonasz uśmiechnął się kpiąco.

Dudek nadął się.

– Powiedzmy...

– Sądzę – przerwał mu starszy kolega – że jednak nikt się tutaj nie ukrył. Przepraszam za jego nadgorliwość. Nie powinno dojść do tej sytuacji. Spokojnej nocy.

Wyszli. Jonasz odczekał chwilę i roześmiał się.

– Co cię tak bawi? – spytałam, wciąż zaszokowana i roztrzęsiona ostatnimi wydarzeniami. – Ja nie mam pewności, czy to jawa, czy sen. I, uwierz, wolałabym, żeby to był nocny koszmar. A ty się śmiejesz?!

– Więc może wyjaśnię. Po pierwsze, chciałaś, żebym cię pieprzył, co zrobiłem z największą przyjemnością. Po drugie, dzięki, skarbie, za to, że chciałaś mnie chronić, ale to nie było konieczne. Piasecki jest po mojej stronie. A ten szczeniak Dudek po prostu chce się wykazać. Po trzecie, gdy zobaczył nas w akcji, o mało nie eksplodował. To była wyższa szkoła jazdy. Niezła adrenalina!

126

– Tobie nie przeszkadza, że ktoś na ciebie patrzy w takiej sytuacji?

– Nie domyśliłaś się jeszcze, że nie? – spytał, mrużąc oczy.

– Żartujesz, prawda?

– Nie, Monia. Nie żartuję. A gdy robię to z tobą, jak wtedy w parku czy na poboczu, podnieca mnie podwójnie. To zupełnie coś innego niż zwykłe pieprzenie.

– Nie rozumiem. – Pokręciłam głową z niedowierzaniem. – To jakieś chore.

– Mówiłem ci wiele razy, że kocham adrenalinę. Tłumaczyłem ci, że przed tobą laski służyły mi wyłącznie do rozładowania napięcia. Szukałem więc wciąż nowych sposobów odreagowania i odkryłem, że w pewnych ekstremalnych sytuacjach lepiej mi się pieprzy niż w innych. Gdy się poznaliśmy na imprezie, powiedziałem ci, że chcę ci pokazać, co mnie kręci. I chcę to robić z tobą. Pragnę, by ciebie też kręciło. Chcę, byśmy przeżywali to razem.

– Jonasz, to dla mnie za wiele. Nie tylko ekstremalny seks, ale to wszystko, co się wokół dzieje.

– Przyzwyczaisz się – zawyrokował, przechylając głowę w bok i przyglądając mi się uważnie. – Początki już za tobą i jakoś nie chciałaś przestać.

– To prawda, oboje wiemy, że czasem tracę nad sobą kontrolę, że masz mnie w garści. – Zadufany uśmieszek zaigrał w kącikach jego ust, ale zniknął jak zdmuchnięty, gdy dodałam: – Ale potem, gdy o tym myślę, wydaje mi się, że to niewłaściwe, niestosowne, że do mnie nie pasuje. Czuję się, jakbym zrobiła coś złego. I w takich sytuacjach coś we mnie krzyczy, że nie chcę tego więcej robić.

– Bo analizujesz. Niepotrzebnie. Po prostu się temu poddaj. Szczerze mówiąc, nie masz wyboru. Powiedziałem, że nie pozwolę ci odejść. Byłem wściekły, ale to prawda. Niestety po dzisiejszej nocy nie tylko mnie będzie na tym zależało. – Strach rozszerzył mi oczy, ściął krew w żyłach. – Chciałbym ci tego oszczędzić, ale byłaś świadkiem czegoś, no i...

Dupa. Wpadłam jak śliwka w kompot. Sypiałam z bandytą, który nosił broń i zadawał się z typami mogącymi mnie skrzywdzić – realnie i konkretnie. Przypomniałam sobie reakcję Rudego, gdy mnie zobaczył w łóżku Jonasza.

– Przecież ja widziałam tylko skrzynki z bananami! – próbowałam jakoś wybrnąć z sytuacji. – Nikomu nic nie powiem. Nawet jeśli to przemycone banany!

Roześmiał się.

– Monia, chyba sama w to nie wierzysz.

– Wierzę – zapewniłam gorliwie. – I nikt się nie dowie, co widziałam.

– Niestety, kilka osób widziało ciebie.

– Nie możesz ich poprosić, by o tym zapomnieli? Wszyscy cię słuchają, jesteś tu najważniejszy – kadziłam mu na całego.

Przyglądał mi się wyraźnie rozbawiony.

– Oczywiście powiem, co trzeba, komu trzeba, dla twojego własnego bezpieczeństwa.

– Dla mojego bezpieczeństwa?

– Tak, bo jesteś nieprzewidywalna. I mógłbyś zrobić coś głupiego, a ja nie chcę cię stracić. – Czy mi się zdawało, czy jego głos lekko zadrżał?

– Daję słowo honoru, że nie pójdę na policję, nawet gdy się pokłócimy czy rozstaniemy, kiedyś tam... – bąkałam.

– Monika, nie dotarłabyś na policję – powiedział szorstkim tonem. – Wydałabyś na siebie wyrok w momencie, w którym byś o tym pomyślała. Zrozum to w końcu! Chciałaś wiedzieć, czym się zajmuję. Informacja, że jestem właścicielem kilkunastu hoteli w Europie, to nieprawda. Nie cała. Jestem właścicielem kilkudziesięciu hoteli w całej Europie. Zupełnie legalnie, ale pod tym kryją się już mniej legalne interesy. I lepiej dla wszystkich, a zwłaszcza dla ciebie, byś więcej nie wiedziała. Chcę cię chronić. A niewiedza jest najlepszym sposobem ochrony.

– Okej. Nie chcę wiedzieć. Nie musisz mi nic mówić – odparłam szczerze, bo doskonale zdawałam sobie sprawę, że ma rację. Im mniej wiem, tym lepiej.

– Jedną rzecz jednak musisz zapamiętać. Po dzisiejszej nocy nie masz już odwrotu, choć akurat tego wolałem uniknąć. Pragnąłem cię przy sobie zatrzymać swoim urokiem. – Uśmiechnął się krzywo. – Nie na siłę, nie dając ci wyboru. Dzisiejsza akcja to zupełny przypadek. Nie chciałem cię w to mieszać.

– Jonasz, do cholery, zostałam wmieszana w twoje ciemne sprawy w chwili, gdy wziąłeś mnie na cel. Dlaczego nie odpuściłeś? Dlaczego świadomie naraziłeś mnie na to wszystko?!

– Nie potrafiłem zrezygnować. Ledwo cię zobaczyłem, wiedziałem, że jesteś kimś ważnym, specjalnym, nigdy wcześniej czegoś takiego nie czułem. I włos ci z głowy nie spadnie, tylko nie możesz robić głupstw. Będę cię musiał mieć na oku.

– A do tej pory nie miałeś?

– Widać za słabo – przyznał bez żenady. – Przykro mi, stało się. Z tego nie da się wyplątać, odejść, zapomnieć. Zawsze stanowiłabyś zagrożenie. Tylko będąc ze mną, jesteś bezpieczna. Musisz to sobie w końcu uświadomić.

Łzy zaczęły mi ciurkiem spływać po policzkach. Boże, w co ja się wpakowałam?! W co wpakował mnie Jonasz? Jak mam dalej żyć? W niewoli? Bo przecież właśnie odebrano mi wolność!

– Przytul się i nie płacz. Nie mogę patrzeć na twoje łzy. Do świtu jeszcze trochę czasu, prześpijmy się.

Przytuliłam się do niego. Pragnęłam choć na chwilę zapomnieć. Jonasz scałowywał moje łzy. Zasypiając, słyszałam jego czuły szept:

– Będę dla ciebie dobry, Monia. Obiecuję. Jesteś dla mnie bardzo ważna, najważniejsza.

Rozdział dwunasty

Obudziłam się i spod przymkniętych powiek spojrzałam na miejsce obok mnie. Jonasza nie było w łóżku. Przeciągnęłam się leniwie i wstałam. Nie chciałam przywoływać wspomnień z wczorajszej nocy. Marzyłam, by okazały się snem. Nie po raz pierwszy w ostatnim czasie pragnęłam, by coś się nie wydarzyło. Podeszłam do okna, za którym roztaczał się widok na ogród położony na tyłach domu.

Zobaczyłam Jonasza z Piaseckim; żywo o czymś rozmawiali. Jonasz był chyba zdenerwowany. Gestykulował. Piasecki wiercił się nerwowo. Chwilę jeszcze dyskutowali, nim podali sobie dłonie. Na koniec Jonasz klepnął mężczyznę w ramię, a ten oddalił się szybko, ale nie w stronę głównego wejścia, tylko w głąb ogrodu. Przypomniały mi się słowa Jonasza, że Piasecki jest po ich stronie.

A więc to wszystko prawda? Odtąd będę żyła w ciągłym zagrożeniu? O niczym nie będę mogła sama decydować?

Nie, nigdy się na coś takiego nie zgodzę! Tylko czy mam jakieś wyjście? Na pewno mam. To do mnie należy wybór. Najwyżej mnie rozwalą! Chryste, co ja w ogóle wygaduję?! Chyba oszalałam! Czy wpadłam w takie bagno, że mam wybór wyłącznie między życiem pod kontrolą a śmiercią?! Przecież to nie może być prawda! To się nie dzieje! Śnię jakiś koszmar!

– O czym rozmyślasz, kochanie?

Za mną stał Jonasz, a ja dopiero teraz zorientowałam się, że wciąż gapię się za okno.

– Muszę jechać do domu, a potem do biura. Na dziś jestem umówiona z szefem. Skończyłam projekt, pora wziąć się za następny.

– Do dziesiątej jest jeszcze sporo czasu. Myślałem, że dłużej pośpisz.

– Widocznie najlepiej śpi mi się we własnym łóżku – burknęłam. Sądziłam, że będzie zły, ale moja odpowiedź wyraźnie go rozbawiła. – Co cię tak cieszy?

– Wszystkiego bym się spodziewał po wczorajszej nocy, ale na pewno nie tego, że będziesz się stawiać. – Wyszczerzył zęby w szerokim uśmiechu.

– Twoim zdaniem powinnam dać się zastraszyć? – spytałam zirytowana. – Nie zamierzam. Będę robić to, co mi się podoba. Jestem wolnym człowiekiem. Jeśli mam żyć pod cudze dyktando, równie dobrze mogę nie żyć wcale! – wypaliłam.

Natychmiast spoważniał i zmierzył mnie przenikliwym spojrzeniem. Jakby chciał nim dotknąć mojej duszy.

– Nawet tak nie myśl! Jesteś wolnym człowiekiem. To tylko drobne ograniczenia. Każdy na tym świecie żyje według jakichś zasad. Nie zauważyłaś? Jedni według dekalogu, inni według norm moralnych albo społecznych. Kierowcy jeżdżą według przepisów drogowych, a jako pracownik musisz się podporządkować regulaminowi, który obowiązuje w miejscu pracy – mówił gniewnym tonem. – Sama tak żyłaś! Nie chodzę do klubów, nie siadam do komputera przed dziesiątą. Nie pieprzę się bez uczucia! Tę ostatnią zasadę złamałaś, o ile mi wiadomo. I nie żałujesz! Wręcz przeciwnie, lubisz to!

– Ale sama mogłam wybierać mężczyzn na całe życie! – krzyknęłam.

– Nie chciałaś mieć tego wyboru. Wielokrotnie mi powtarzałaś, że nie zamierzasz się angażować uczuciowo w związek z żadnym facetem. Więc życie dokonało wyboru za ciebie. I mam nadzieję, że tego faceta pokochasz! A jeśli nie, to zrobię wszystko, byś była ze mną szczęśliwa, ale nie odejdziesz. Kurwa, już ci powiedziałem, że w tej kwestii nie odpuszczę!

– Na razie zostanie tak, jak jest – odparłam stanowczo – ale nie obiecuję, że kiedyś to się nie zmieni. Jeśli będę chciała odejść, to odejdę. I nikt mnie nie powstrzyma! Nie boję się cie... – Przerwał mi, przyciągając mnie gwałtownie do siebie i wyciskając gniewny pocałunek na moich ustach.

– Cii... – szepnął, na chwilę unosząc głowę. – Nie gorączkuj się tak.

I znów zaczął mnie całować, zachłannie, mocno napierając na moje ciało. Poczułam na brzuchu jego erekcję. Nie wypuszczając mnie z uścisku, kierował się w stronę łóżka. Położył mnie na brzuchu i przywarł do moich pleców całym sobą. Potem zsunął nas trochę, tak że kolanami dotknęliśmy podłogi. Całował mój kark, podczas gdy dłońmi ujął od dołu piersi i zaczął drażnić nastroszone sutki. Jęknęłam.

– O tak, kochanie, lubię cię słuchać – zamruczał, a jego ręce powędrowały na moje pośladki. Zaczął wbijać w nie palce; masował i uciskał na zmianę, jednocześnie kąsając delikatnie moje plecy. Wsunął we mnie kciuk, którym rozpychał się rytmicznie, by po chwili pochylić się i wylizać moją wilgotną szparkę. Jęknęłam ponownie, zaskomlałam z rozkoszy.

– Wyprostuj ręce nad głową – powiedział.

Zrobiłam, co kazał, i nim się zorientowałam, skuł mi nadgarstki kajdankami.

– To samo zrobię z kostkami – szepnął mi do ucha – ale przykuję je do nóżek łóżka. Rozstaw nogi bardzo szeroko, Moniko.

Nie byłam w stanie się bronić. Zbyt wielkie ogarnęło mnie podniecenie. Dygotałam z żądzy i chciałam, by trwała, by rosła. Natychmiast wykonałam polecenie i poczułam, jak przykuwa mi jedną nogę, a potem drugą.

– Nie mogę nimi ruszyć – poskarżyłam się. – Są zbyt szeroko rozstawione.

– To tylko spotęguje twoje doznania – zamruczał. Oddychał płytko i nierówno. Wiedziałam, co się z nim dzieje: to samo co ze mną. Jakieś szaleństwo! – Jeśli będziesz chciała przestać, po prostu mi powiedz, choć nie sądzę, byś chciałaś to przerwać – wydyszał. – Wyliżę cię trochę, zanim zerżnę ostro od tyłu. Chcesz?

– Tak!

Tylko tego chciałam. By mnie wziął, zerżnął, mocno, ostro, żebym stękała, jęczała, by rozkosz przetaczała się przez moje ciało niemal bolesnymi falami. Jak teraz, gdy ssał mnie ustami i dźgał językiem. Byłam nastawiona na odczuwanie, które stało się tak intensywne, że niemal nie do wytrzymania. Ale wolałabym umrzeć, niż teraz przerwać. Jęczałam, żebrałam, skamlałam. Nie miałam nad tym żadnej kontroli. Chciałam tylko więcej i więcej. I by to się nigdy nie kończyło.

– Coś ci teraz włożę. Nie bój się – ledwie wyszeptał te słowa. Nie tylko ja odchodziłam od zmysłów. – To stymulator łechtaczki i punktu G – wyjaśnił chrapliwym, ociężałym od żądzy głosem.

Poczułam, jak wsuwa we mnie podłużny, elastyczny przedmiot, który doskonale się dopasował. Był ciepły.

– Ogrzałem w ustach. Powinien mieć idealną temperaturę – wyjaśnił, jakby znów czytał mi w myślach.

Odbierałam bodźce całą sobą. Miałam wrażenie, że to coś składa się z dwóch części. Jedno ramię tkwiło w pochwie, a drugie dotykało łechtaczki. Po chwili urządzenie zaczęło drgać. Podziałało – niczym sejsmograf wyczuwałam nadciągającą falę orgazmu.

– Jonasz! Chcę ciebie poczuć! – krzyknęłam.

– Tak, maleńka – sapnął. – Zaraz mnie poczujesz! – I już był we mnie. – Trzymaj się! – zawołał.

Czego? Nie zdążyłam zapytać, zresztą on już nie słuchał. Bezlitośnie, brutalnie dokonywał kolejnych pchnięć! Atakował tak mocno, jakby mnie za coś karał. A ja chciałam tej kary jak niczego innego na świecie. Trzęsienie ziemi zbliżało się. Jęczałam, skowyczałam i nie panowałam nad niczym. On też. Słyszałam jego ciężki, spazmatyczny oddech i głośne stękanie. On również stracił nad sobą kontrolę! Jakie to było podniecające! Poruszał się we mnie coraz gwałtowniej. Mimowolnie chciałam zacisnąć uda. Nie mogłam. Kajdanki na kostkach nie pozwoliły. Wewnątrz mnie wzbierało znajome uczucie. Ale jakże potężne! Przekraczało wszystkie granice! Krzyknęłam. On też. Pochłonięta gigantyczną falą prawie zemdlałam. On dygotał jak w gorączce.

– Kurwa, Monika!

Zastygł i padł na mnie. Powoli, z wyraźnym trudem, przezwyciężając opór mięśni, odpiął kajdanki, najpierw z moich nadgarstków, potem z kostek. Próbowałam wejść na łóżko, ale bardziej przypominało to pełzanie. Nie miałam siły. Wciąż drżałam. On pierwszy dostał się na miękką pościel i wciągnął mnie za rękę. Gdy usiadłam koło niego, przygarnął mnie do siebie bardzo mocno. Wciąż drżał. Przytuleni, położyliśmy się. Wówczas spojrzałam w jego oczy. Były szklane od łez.

– Co się dzieje? – przestraszyłam się.

– Dużo – powiedział cicho.

– Jonasz! O co chodzi?!

– Jest mi z tobą tak kurewsko dobrze i kocham cię – odparł, wpatrując się we mnie tymi swoimi zielonymi oczami, które nie kłamały, ale dostrzegłam w nich smutek. I coś jeszcze. Ujrzałam miłość w najczystszej postaci. Patrzyłam na niego jak zahipnotyzowana. Nie mogłam oderwać wzroku, zafascynowana i zlękniona, a gdy już to zrobiłam, przytuliłam go jeszcze mocniej. Przywarł głową do moich piersi, a ja oplotłam go nogami.

– Śpij, Jonasz, śpij – szeptałam czule jak do dziecka.

– Zostań dziś ze mną, proszę. – Poczułam jego ciepły oddech na skórze. – Proszę.

– Dobrze – zgodziłam się – ale będę musiała za pół godziny zadzwonić do biura i przełożyć swoją wizytę na jutro.

– Zrób to. Dla mnie – dodał błagalnym tonem. – Dzisiaj.

– Zrobię to. Śpij.

Zasnął prawie natychmiast, wtulony we mnie jak psiak w sutek matki. Jakby chciał się ze mną zespolić w jedno ciało, w jeden organizm. To było słodkie i przerażające. Jego uczucie mnie przygniatało.

Prawie po omacku znalazłam komórkę leżącą na nocnej szafce. Nad głową śpiącego Jonasza wybrałam numer do szefa i poinformowałam go, że przyjdę jutro. Na szczęście nie powiadomił jeszcze klienta, że skończyłam projekt. Wiedział już o tym, ale zawsze czekał, aż osobiście rzecz potwierdzę. Poza tym zdążyłam przed terminem, więc nie miał się do czego przyczepić. W jego tonie wyczułam raczej troskę. Poczciwy facet. Uspokoiłam go, że oblewałyśmy z Nadią projekt i chyba się strułam, bo głowa mi pęka. Ucieszył się. Autentycznie!

– Potrzeba ci trochę rozrywki – powiedział. – Nawet kosztem kaca. Do jutra, Nika!

– Do jutra, szefie – odparłam i gdy się rozłączyliśmy, pomyślałam, że gdyby znał prawdę, zamartwiałby się na śmierć.

Mając już telefon w ręku – cztery nieodebrane połączenia, pewnie reklamy – i czując, że Jonasz śpi mocnym snem, wybrałam numer Nadii i funkcję SMS-ów. „Nikomu nie mów o tej wiadomości. Nikomu! Rozumiesz?! Ja daję radę, nie martw się. Ale Dominik siedzi w tym tak samo jak Jonasz. Dlatego uważaj, zerwij znajomość pod byle pretekstem, najlepiej uciekaj i zatrzyj za sobą wszystkie ślady. I skasuj tego esemesa". Ledwie wystukałam tekst, sama go skasowałam. Był histeryczny. Nadia na bank by zaraz oddzwoniła. Co gorsza, właśnie mogła być z Dominikiem. I nie miałam pewności, czy nasze telefony nie są na podsłuchu. Boże, popadałam w paranoję! Oto do czego doszło. Oto czym się kończą znajomości z niewłaściwymi facetami. Niemniej napisałam inną wiadomość, mając nadzieję, że Nadia nie jest idiotką i domyśli się, że coś tu mocno nie gra. „Dzięki za dotrzymanie towarzystwa. Bawiłam się świetnie, ale dziś mam potwornego kaca. Jutro będę u szefa, w biurze. Wpadnij, jak zawsze z okazji zakończenia projektu, na ciasto i naszą pyszną kawę".

Przeczytałam jeszcze raz tekst. Nadia nigdy nie wpadała do mojego biura z racji zakończenia projektu. Sukces oblewałyśmy w moim mieszkaniu. Ciast nie jadała, bo była na ciągłej diecie, a jak już decydowała się na deser, to jakiś luksusowy, zaś naszą biurową kawę nazywała podłą lurą. Nigdy nie zastanawiałam się nad bystrością mojej przyjaciółki. Byłyśmy zupełnie różne, ale nie miałyśmy przed sobą sekretów i przyjaźniłyśmy się od dawna. No lubiłam tę dziewczynę, mądrą czy nie. Teraz jednak jej zdolność logicznego myślenia bardzo by się nam obu przydała. Liczyłam na nią i nie zawiodłam się. Komórka po chwili zapikała. „Dlaczego wciąż mnie do tego zmuszasz? Nie wystarczy ci oblewanie? Nienawidzę ciast i tej waszej kawy plujki, ale jak zwykle poświęcę się dla ciebie". Odetchnęłam z ulgą. Nie doceniłam jej. Już miałam odłożyć komórkę na szafkę, gdy przypomniałam sobie o czterech nieodebranych połączeniach. Wcisnęłam funkcję „pokaż" i wyświetliło mi się imię: Ilona.

„Ilonko! U mnie wszystko w porządku. Przepraszam, że nie odebrałam. Oblewałam z Nadią zakończenie projektu, a potem spałam. Mam nadzieję, że ty też dobrze się bawiłaś poza domem! Szkoda, że nie mogłyśmy oblać mojego sukcesiku razem. Obiecuję się odezwać. Spotkamy się w jakimś klubie poza domem! Buziaczki, Ilonko!"

Dwa razy napisałam „poza domem". Dwa razy dałam w tym miejscu wykrzyknik. Dwa razy użyłam jego tajnego imienia. O ile miałam wątpliwości co do przenikliwości Nadii, o tyle nie miałam ich w stosunku do Krzysztofa. Krzysiek mnie znał. Wiedział, że nie znoszę zdrobnień. Ilonko, sukcesik, buziaczki – to nie ja. Był świadomy, że rzadko używam wykrzykników i unikam powtórzeń. Chciałam mu dać do zrozumienia, żeby nie dzwonił do mnie z własnego mieszkania. Musi zachować ostrożność oraz anonimowość. Jeśli Jonasz wiedział, gdzie mieszka Krzysztof wraz z rodziną, to wiedziała też cała reszta. Wszyscy ci niebezpieczni ludzie, ta... mafia. Wzdrygnęłam się, wypowiadając w myślach to słowo. Ale tak: wplątałam się w interesy mafii. Jakiś koszmar! Niby wiedziałam z mediów, że istnieje u nas przestępczość zorganizowana. Ale gdzieś tam, nie tuż obok. Obok?! Wpadłam w sam środek. Ale nie chciałam, by ktoś inny ucierpiał przez moją głupotę. Musiałam zapewnić bezpieczeństwo Krzyśkowi i jego rodzinie, Nadii. Mniejsza o mnie – ja się wpakowałam po uszy.

To, co dziś przeżyłam z Jonaszem, było... Po prostu brak mi słów, z niczym się tego nie da porównać. I to jego wyznanie! Boże, nie wolno mi się zakochać! Zwłaszcza w nim. W każdym, byle nie w Jonaszu! Przestępcy, który robił z moim ciałem, co chciał, który wplątał mnie w swoje interesy. Nie mogłam pozwolić, by zniewolił także moje serce.

Rozdział trzynasty

Jonasz rozmawiał przez telefon komórkowy. Stał odwrócony tyłem do mnie i wyglądał przez okno. Jak ja wcześniej. Właściwie kiedy to było? Kilka godzin temu? Jak długo spaliśmy?

Oparł dłoń o framugę. Korzystając z okazji, przyglądałam mu się uważnie. Był nagi i świetnie zbudowany. Szerokie ramiona, wąskie biodra, jędrne pośladki i łydki, mocne uda. Żeby miał jakieś wady, na przykład krzywe nogi albo przesadnie napakowane muskuły. Ale choć wyraźnie dbał o swój wygląd i sprawność fizyczną, zachowywał umiar. Przypominał czającą się panterę. Przy każdym ruchu napinały się wytrenowane mięśnie, kusząco grając pod gładką, oliwkową skórą. Lekko falujące włosy, teraz zmierzwione od snu, opadały w nieładzie na ramiona. Gdy wychodził z domu, zaczesywał je gładko do tyłu i spinał. Tylko czasem jakiś niesforny kosmyk wyrwał się na wolność.

– Tak – mówił – wszystko jest zorganizowane. Perfekcyjnie. Piasecki ma zająć się Dudkiem. To oszołom, ale nadgorliwy. – Na chwilę zamilkł, wsłuchując się w słowa rozmówcy. – Będzie ze mną – powiedział. – Przez cały czas. Komórka? Oczywiście, tak zrobię. Co takiego? – zdziwił się. – Dobrze. – Zakończył i rozłączył się. Zauważyłam, że rozmawiał z nieznanego mi telefonu. Ten, który zazwyczaj nosił przy sobie, wyglądał inaczej. Westchnął, odgarnął włosy, ale wciąż stał odwrócony tyłem.

– Przyglądasz mi się – mruknął i wyczułam w jego głosie rozbawienie.

140

– Owszem – przyznałam się.

– I co? – Stanął przodem, przekrzywiając głowę na bok i mrużąc oczy. Uśmiechał się szelmowsko. Panie Boże, ależ się wpakowałam!

– Jeśli chodzi o twoją powierzchowność, nie mam zastrzeżeń. – Mimowolnie też się uśmiechnęłam, bo istotnie wstydzić się swojego ciała nie musiał. – Dużo gorzej z twoim wnętrzem.

Podszedł do łóżka, nie spuszczając ze mnie wzroku. Wziął moją dłoń i przyłożył do swojej lewej piersi. Wyczułam, jak mocno wali mu serce. Usiadł obok mnie.

– Tu jest moje wnętrze. Moje serce. I bije dla ciebie. – Wpatrywał się we mnie natarczywie. – Kocham cię, Monia.

Nerwowo przełknęłam ślinę. No, pięknie. On nie odpuści.

– Źle się wyraziłam – próbowałam zmienić temat. – Chodziło o twoją psychikę, a przede wszystkim o to, czym się zajmujesz – dodałam pospiesznie, nie wiedząc, jak zareaguje.

– Mam pokręconą psychikę, dobrze o tym wiesz, ale dojrzałem już do tego, by kogoś kochać. By kochać ciebie.

– Jonasz, proszę cię... – żachnęłam się.

– O co? O co mnie prosisz? – pytał łagodnie. – Żebym nie mówił o miłości? Ależ będę. Będę mówił o tym, co czuję, mając nadzieję, że te wyznania kiedyś zaczną ci sprawiać radość.

– A może powiesz mi, jakim cudem się w to wszystko wplątałeś? – Uparcie uciekałam od tematu uczuć. – Masz kilkadziesiąt hoteli w Europie. Nie mogłeś po prostu, no nie wiem, nie mogłeś... – dukałam – na przykład płacić im haraczu, żeby mieć spokój? Musiałeś głębiej w to wchodzić? Po co?

– To wszystko jest bardziej skomplikowane – odparł poważnie. – I już mówiłem, że im mniej wiesz, tym lepiej dla ciebie.

– Chciałabym tylko cię zrozumieć.

– Dom, kasyna, pieniądze odziedziczyłem po ojcu. Hotele też. I jeszcze wiele innych rzeczy. Tyle mogę ci powiedzieć.

Zaczynałam pojmować. W całe to bagno wpakował go ojciec. Musiał siedzieć w tym po uszy, a Jonasz po prostu przejął jego szemrane interesy.

– Miałeś wybór? – zadałam nurtujące mnie pytanie.

– Mając takiego ojca, raczej nie.

– Nie rozumiem. – Zszokowana pokręciłam głową.

– Jako dzieciak nie ogarniałem, co się dzieje, zresztą większość czasu spędzałem w domu babci i pod jej opieką, ale gdy zacząłem dorastać, zacząłem też coraz więcej czasu spędzać w swoim domu i kojarzyć pewne fakty. Bywałem świadkiem niektórych akcji, a nie powinienem. Choć chyba byłem w lepszej sytuacji od innych przypadkowych świadków. Oni na ogół tracili życie. Ja nie. I ze względu na pozycję ojca zapewne nigdy by mnie nie tknęli, ale jego przyjaciele, partnerzy, dla własnego bezpieczeństwa woleli mieć mnie po swojej stronie, zaangażowanego – wyjaśnił spokojnie.

– Czyli nie miałeś wyboru – stwierdziłam.

– To teraz bez znaczenia. Jest, jak jest. Ty też przestań sobie tym zaprzątać śliczną główkę. Dopóki jesteś ze mną, włos ci z niej nie spadnie.

– Teraz jestem. Czas teraźniejszy – podkreśliłam. – Nie wiem, co zdecyduję kiedyś.

– Wierzę, że zdecydujesz się być ze mną z własnej i nie-przymuszonej woli. – Uśmiechnął się łobuzersko, a potem namiętnie mnie pocałował. – Mam dużo czasu, żeby cię prze-konać.

– Skąd wiesz, ile masz czasu? – droczyłam się.

– Na razie jesteś nienasycona. Pragniesz mojego dotyku, chcesz czuć mnie w sobie, lubisz nawet, gdy jestem perwer-syjny, moje zboczenia cię kręcą i pożądasz mnie każdym zmysłem, każdą komórką ciała – szeptał mi do ucha, łaskotał gorącym oddechem. – I sprawię, że nigdy nie przestaniesz. Bo uwielbiam, gdy tracisz nad sobą kontrolę. Przy mnie; tyl-ko ja to potrafię.

– Ty zarozumiały draniu! – zawołałam, chwytając po-duszkę leżącą obok. Zaczęłam go nią okładać. Biłam, gdzie popadło.

– Zarozumiały? Draniu? – Roześmiał się głośno, jedno-cześnie zasłaniając rękami przed ciosami. Ale bierność szyb-ko mu się znudziła. Złapał drugą poduszkę i nieźle mi się oberwało. Wziął rewanż bez pardonu. Wkrótce leżałam pod nim, on siedział na mnie okrakiem. Dyszeliśmy, zmęczeni bójką. Co nie znaczy, że niezdolni do dalszych zapasów.

Poczułam na brzuchu twardego penisa.

– Chyba coś z tym musimy zrobić, skoro i tak wzięłam wolne w pracy – wymruczałam, poruszając zachęcająco bio-drami.

– Zadziwiasz mnie, Moniko. – Wpatrywał się we mnie żarliwie, przykrywając dłońmi moje piersi. – Ale bardzo mi się to podoba. – Delikatnie skubał brodawki, które stward-niały jak kamyki. Z kolei moja szparka zrobiła się miękka i nabrzmiała. Wiedział! Jego wzrok płonął, ale na ustach pojawił się ten zadziorny, szelmowski uśmiech.

– Dobrze ci, prawda?

Właściwie nie pytał. Sama czułam, że pachnę gotowością. Jego nozdrza drgały i rozchylały się. Nagle odwrócił mnie i teraz ja leżałam na nim. Wziął moją rękę i położył na swoim członku.

– Popieść go i possij – szepnął.

Zrobiłam to bez wahania. Podniecenie dochodziło do granic, ale już odkryłam, że można je przekroczyć. Lizałam jego penisa, potem włożyłam do ust i zaczęłam ssać. Przesuwałam usta coraz szybciej, coraz głębiej, czując między nogami niezwykłą wilgoć. Miałam wrażenie, że zaraz ze mnie wypłynie.

– Kurwa, Monika! Włóż go w siebie! – jęknął. – Szybko! Chcę być w tobie.

Ujęłam jego twardego członka i usiadłam na nim, wprowadzając go w moje rozpulchnione, lepkie wnętrze.

– Jestem tak głęboko – szepnął, wpatrując się uważnie w moje oczy – a chcę głębiej.

Czułam, jak wygina się pode mną i kołysze biodrami w bezwiednym ponagleniu.

– Teraz ja – zamruczałam, a on się tylko uśmiechnął, nieznacznie, nieuważnie. Przestał myśleć, jego wzrok płonął czystą żądzą. Był mój! Zaczęłam się rytmicznie poruszać, w górę i w dół, w górę i w dół. Pomagał mi, unosząc biodra, gdy opadałam na niego. Nasze ruchy były zsynchronizowane, choć intuicyjne. Jakbyśmy zostali dla siebie stworzeni. Pulsowałam, otwierałam się, nabrzmiewałam, a on brał, czerpał, przyjmował i oddawał w dwójnasób. Magia. Jak zahipnotyzowana wpatrywałam się w jego oczy zachodzące mgłą. Jego twarz. Piękna, choć wykrzywiona ekstazą. Zacisnął usta. Jęknął, raz i drugi. I doszedł, krzycząc! A ja tuż za nim, cicho pojękując, z pełną świadomością, że dotarliśmy gdzieś daleko poza granice realnego świata. Opadłam na niego i wtuliłam twarz w jego szyję.

– Co ty ze mną wyprawiasz, Moniko? – szepnął.

– Sprawiam, że tracisz nad wszystkim kontrolę. – Uśmiechnęłam się, unosząc głowę. – I uwielbiam to. Tylko ja tak potrafię – dodałam przekornie.

– Zatracam się w tobie bez reszty. Ale ty we mnie też. Patrzymy na siebie i widzimy siebie. To jest niezwykłe – mówił niskim, nieswoim głosem. – Wiesz, co ja widzę?

– Co takiego? – spytałam, układając się obok niego. Wciąż rozdygotana, ale zaspokojona.

– Ciebie, prawdziwą. Bez udawania, bez żadnych masek. Widzę, jak na ciebie działam, jak bardzo mnie pragniesz i jak przeżywasz spełnienie. Bo to nie jest tylko fizyczne. To jak kosmos, Moniko! Bezdenne. Nigdy czegoś takiego nie doświadczyłem. I jestem szczęśliwy, gdy mogę tak na ciebie patrzeć.

– Ja też nigdy czegoś takiego nie przeżyłam – wyznałam.

– Lubisz na mnie patrzeć?

– Tak – odparłam – bo widzę, jak wiele ci daję. Widzę, jak na mnie reagujesz. Widzę nasze zatracenie w sobie. To magia. Prosto z baśni, której nigdy nie zapomnę! Którą mógłbyś mi opowiadać każdego dnia i każdej nocy. Zapamiętam każde słowo, każdą emocję, każdy twój dotyk. Zapamiętam twoją piękną twarz i twoje zielone oczy wpatrzone we mnie – wyrzuciłam z siebie jednym tchem i nagle się zreflektowałam. Jezu! Uświadomiłam sobie, że byłam szczera. Dokładnie tak czułam! Ale powiedziałam to pod wpływem emocji, kosmicznego orgazmu, który rozleniwił mój instynkt samozachowawczy. I pominęłam rozsądek; ten sam, którym zawsze się w życiu kierowałam. Zanim spotkałam Jonasza. Spojrzałam na niego: wpatrywał się we mnie z miłością i ogromnym zaskoczeniem.

– Jonasz – bąknęłam, czerwieniąc się. – Przepraszam. Nie wiem, co mnie napadło. Zapomnij o tym, co bredziłam.

– Nigdy o tym nie zapomnę, bo to byłaś prawdziwa ty. I nie bredziłaś, ale wolałbym, żebyś nie mówiła o tym, co przeżyliśmy, jakby to był nasz ostatni raz. Jakby teraźniejszość na naszych oczach stawała się przeszłością. Bo to jest nasza przyszłość, Moniko.

– Ja to nie tylko dziewczyna, z którą się kochasz czy którą ostro rżniesz – celowo byłam brutalna – ja to także dziewczyna, która musi pracować, robić zakupy, po prostu żyć i być sobą. To także prawdziwa ja.

– Wiem. – Obrócił się na bok i spoglądał na mnie spod zmrużonych powiek. – Wiem, Moniś, wiem, ale w pracy, na zakupach, w codziennym życiu jesteś ubrana, i nie mówię o ciuchach. Dopiero przy mnie się obnażasz. A gdy się kochamy czy rżniemy, pieprzymy, terminologia nie ma znaczenia, bo dla mnie za każdym razem znaczy to samo, więc gdy się kochamy, jesteś obnażona do samej duszy. I teraz wiem, jak twoja dusza wygląda naprawdę.

– Jonasz, ja nie chciałam tego wszystkiego powiedzieć. Wymknęło mi się. Proszę, nie rozmawiajmy o tym.

– A ja cię po raz kolejny proszę: nie broń się przed moimi uczuciami i przed swoimi. Zatrać się w nich tak, jak zatracasz się we mnie, gdy cię pieszczę, gdy w ciebie wchodzę, gdy się w tobie poruszam. Proszę, Moniko. Od twoich uczuć dzieli cię tylko krok. Jeden krok, którego uparcie nie chcesz zrobić, a ja tak niecierpliwie na niego czekam.

Rozdział czternasty

Zjedliśmy ciepłe danie przygotowane przez panią Stanisławę. Nie wiem, co to było. Na śniadanie za późno,
bo nie wiadomo kiedy zrobiła się siedemnasta. Więc chyba
obiad, mimo że stanowił mój pierwszy posiłek tego dnia.
Potem poszliśmy na spacer do ogrodu. Był wielki, a zapro-
jektowany tak starannie i przemyślnie, że sprawiał wrażenie
dzikiego, naturalnego.

– Nie spodoba ci się moja prośba – powiedział Jonasz
nieoczekiwanie, kończąc rozmowę na poprzedni, swobodny
i neutralny temat.

– O co chodzi? – spytałam podejrzliwie, momentalnie
stając się czujna.

– Powinienem zrobić to już wcześniej. – Westchnął głęboko i sprawiał wrażenie podenerwowanego. – Moniko, to
dla twojego bezpieczeństwa.

– Powiesz w końcu, co jest grane?

– W nocy będzie przerzut – odparł bezbarwnym głosem.
– To znaczy znikną z naszej sypialni banany – uściślił i dostrzegłam błysk wesołości w jego spojrzeniu.

– Z twojej sypialni – sprostowałam i wyraz twarzy Jonasza
diametralnie się zmienił. Ściął ją mróz. – Co w związku z tym?

– Chciałbym, abyś oddała mi swoją komórkę – powiedział i szybko dodał: – Dla własnego dobra.

– Powtarzasz się – burknęłam. – A jeśli nie oddam?

– Będę ci ją musiał zabrać. – Ton jego głosu znów stał się
beznamiętny. – Uwierz, nie chcę tego. Pragnę, byś mi zaufała.

Odtworzyłam w myślach przebieg jego rozmowy telefonicznej: „Będzie ze mną. Przez cały czas. Komórka? Oczywiście, tak zrobię".

– Jak mam ci zaufać? – spytałam drwiąco. – A gdzie wzajemność? Ty mi nie ufasz.

– Ja cię kocham, a ty mnie nie. To wystarczający powód – odparł natychmiast. – Mnie zależy na twoim bezpieczeństwie, a ty nie zdajesz sobie sprawy z zagrożenia. Oddasz mi tę komórkę?

– Proszę. – Wyjęłam telefon z kieszeni dżinsów i ze złością rzuciłam nim w Jonasza. Złapał w locie. – Sprawdzisz mi też połączenia? SMS-y?! – Spiorunowałam go wzrokiem, choć zdawałam sobie sprawę, że decyzja nie należy tylko do niego.

– Podejrzewam, że wszystko wykasowałaś – odparł z lodowatą uprzejmością. – Kim jest Ilona? – spytał nieoczekiwanie.

– Moją koleżanką! – krzyknęłam. – I skąd o niej wiesz?! Już mi zdążyłeś przejrzeć komórkę? Kiedy?! Gdy spałam?! – kipiałam gniewem.

– Nie przeglądałem – odparł spokojnie. – Nie wiedziałem też, że masz koleżankę o imieniu Ilona.

No tak, przecież sprawdził całe moje życie. Wiedział, kim są moi rodzice, czym się zajmują, skąd pochodzę, co robi mój brat, a nawet ile lat ma moja bratanica. Sprawdził w takim razie również moich przyjaciół i znajomych. Musiałam jakoś z tego wybrnąć. I musiałam być wiarygodna.

– Na szczęście nie znasz wszystkich moich znajomych, a mam ich wielu. Z niektórymi utrzymuję bliski kontakt, tak jak z Nadią, a z innymi rzadszy, za to kilka razy w roku bardzo intensywny! – wysyczałam przez zaciśnięte zęby. – Skąd wiesz, z kim esemesowałam i kto do mnie dzwonił, do cholery?!

– Ode mnie – usłyszałam spokojny głos ze wschodnim akcentem. Odwróciłam się natychmiast. Za moimi plecami stał mężczyzna, z wyglądu pięćdziesięcioletni, ubrany jak z żurnala, w garnitur, który musiał kosztować majątek. Włosy miał zaczesane do tyłu i przylizane błyszczącym żelem. Pachniał drogimi perfumami. Spojrzałam na jego buty: drogie i wypastowane na błysk.

– A kim ty jesteś, żeby mi grzebać w telefonie?! – warknęłam na niego. – Co cię obchodzą moje kontakty? Jakim prawem mnie sprawdzasz? Słucham!

Moja złość go bawiła. Próbował zachować powagę, ale dostrzegłam wesołość w jego spojrzeniu.

– Mam na imię Wasil i chciałbym, byś tak się do mnie zwracała. Ty jesteś Monika, prawda? – spytał uprzejmie.

– Prawda! – warknęłam, nic sobie nie robiąc z jego manier. – Nie wiem, czy mam ochotę przechodzić z tobą na ty, skoro grzebiesz w moich połączeniach!

– Jonasz ci to wyjaśnił, jak sądzę. – Uśmiechnął się grzecznie. – To dla twojego dobra.

Spojrzałam na Jonasza i zgłupiałam do reszty. Co tu się działo? Na jego twarzy malowało się zdumienie połączone z niedowierzaniem. Bał się o mnie, czułam to, a jednocześnie był zaskoczony. Jakby czegoś nie przewidział. Jakby coś umknęło jego logice, nie zmieściło się w perfekcyjnym planie. Czyżby ten cały Wasil stał w pieprzonej mafijnej hierarchii wyżej niż Jonasz?! „Reszta jest u człowieka Wasila" – przemknęły mi przez głowę słowa Rudego. Tak, był wyżej! A ja musiałam myśleć rozważnie i tak się zachowywać. Rozsądek stanowił ważną część mojej osobowości. Tymczasem postępowałam głupio i dałam się ponieść złości. Jezu, to takie do mnie niepodobne! Co gorsza, wciąż byłam wkurzona.

– Jesteś szefem Jonasza, tak? – zapytałam. – W dupie to mam! Rozumiesz?! Nie polecę na policję i nie będę donosić, bo, bo... – zacięłam się, próbując znaleźć adekwatne określenie. – Bo Jonasz jest moim przyjacielem! A ja nie donoszę na przyjaciół! Będę jednak robiła to, na co mam ochotę! I nie będziesz sprawdzał moich połączeń! Nie jestem niczyją marionetką! Zabieraj te swoje banany! Gdzieś je mam! A jak coś ci się nie podoba, to mnie rozwal! Nie boję się śmierci. Boję się takiego popieprzonego życia! – wykrzyczałam, widząc kątem oka, że Jonasz niczym uczniak przed tablicą rozdziawił usta i chyba po raz pierwszy od bardzo dawna zabrakło mu słów. Natomiast Wasil przyglądał mi się z rosnącym i już nieskrywanym rozbawieniem.

– Moniko – zaczął – nie rozwala się, jak to uroczo ujęłaś, tak niezwykłych osób jak ty. Acz trzeba cię trochę okiełznać, żebyś przez przypadek nie zrobiła sobie krzywdy. – Roześmiał się. – Teraz już rozumiem, czemu Jonasz zainteresował się właśnie tobą – dodał i wyczułam w jego głosie sympatię.

– W porządku – burknęłam, próbując się opanować. Boże, wrzeszczałam na obcego mężczyznę niczym jakaś rozhisteryzowana baba. Jak nie ja! – Przepraszam za ten wybuch złości, ale byłam po prostu szczera – dodałam nieco spokojniejszym tonem.

– Ja bardzo sobie cenię szczerość. U nas to podstawa – powiedział, nie spuszczając ze mnie wzroku.

– Napiłabym się wina – oznajmiłam, czując się nieswojo pod tą jego uważną lustracją.

– Ja również – poparł mnie Wasil.

Skierowaliśmy się w stronę domu.

Stół w jadalni uginał się pod ciężarem potraw i przystawek, których nigdy w życiu nie widziałam na oczy. Czego tam nie było!

– Moniko, ty pierwsza – powiedział uprzejmie Wasil. – Czego sobie życzysz?

– Jestem głodna – odparłam, na powrót poirytowana.

Ssało mnie w żołądku, a ten kazał mi wybierać spośród nieznanych potraw. Nie chciałam się ośmieszyć albo wybrać czegoś paskudnego. Ludzie miewają doprawdy dziwne gusta smakowe. Swoją drogą, dzięki tej złości na Jonasza, i całą dziwaczną sytuację, nie bałam się. Choć stałam twarzą w twarz z mafijnym bossem. Co z tego, że sprawiał wrażenie człowieka cywilizowanego i pełnego ogłady? To pewnie tylko pozory. Gdybym mu zagrażała, kazałby mnie zlikwidować bez mrugnięcia okiem. Jak ochłonę, pewnie zacznę dygotać jak osika. Ale na razie byłam głodna i rozdrażniona.

– Nie znam tych dań, nie wiem, które są smaczne. Ani jak to się je.

– Proponuję przegrzebki z szynką parmeńską. Pani Stanisława je grillowała i polała stopionym masłem. Możesz do nich dobrać sos tatarski – wskazał palcem sosjerkę – albo koktajlowy. To ten. Jeśli nie lubisz eksperymentów, to zwykły ketchup też będzie pasował.

– Kocham eksperymenty, po prostu uwielbiam odkrywać nowe rzeczy – odpowiedziałam z przekąsem, poniewczasie zdając sobie sprawę, że Jonaszowi i Wasilowi moja odpowiedź skojarzyła się z czymś innym niż jedzenie. Uśmiechnęli się porozumiewawczo. Jak dwaj faceci dzielący wspólny sekret. Nie! Jonasz nie mógł mu opowiedzieć o najintymniejszej sferze naszego życia.

Kurwa! Chyba tego nie zrobił?!

Oburzenie i przerażenie na mojej twarzy musiały być aż nazbyt czytelne, bo obaj zareagowali niemal równocześnie:

– Monia!

– Moniko. – Jonasz odstąpił pierwszeństwo głosu Wasilowi. – Nic nie wiem o waszych sprawach, jeżeli to cię tak bulwersuje. Uwierz mi, wiem tylko tyle, że Jonasz traktuje cię bardzo poważnie. W tej kwestii musi obowiązywać nas otwartość. W resztę nie wnikam. Ale gdy poznałem osobiście ciebie i twój temperament, doszedłem do wniosku, że w innych dziedzinach możesz być równie gorąca i nieprzewidywalna.

– Co to są przegrzebki? – zmieniłam temat, znowu ich zaskakując. Opinia nieobliczalnej zobowiązuje, pomyślałam ponuro. – Znam tylko podgrzybki.

– Przegrzebki to gatunek małża nitkoskrzelnego... – wyjaśnił Jonasz, chcąc jeszcze coś dodać, ale mu przerwałam.

– Dobrze, mogą być, a skoro już się zdecydowałam, to zjem z sosem koktajlowym.

Wasil, wciąż sprawiając wrażenie rozbawionego, nałożył danie na mój talerz i poinstruował mnie, jak należy je jeść.

Zastosowałam się do jego wskazówek i stwierdziłam, że lubię przegrzebki. Bezwiednie oblizałam usta. Jonasz przyglądał mi się takim wzrokiem, że momentalnie przestałam myśleć o jedzeniu, poczuwszy zupełnie inny głód.

Czy ten Wasil długo tu będzie?

Skupili się na rozmowie, z której nic nie rozumiałam. Jakby mówili w obcym języku. Byli poważni, jednak w oczach Jonasza wciąż tliło się pożądanie, które i mnie się udzielało. Musiałam coś z tym zrobić. To było nienormalne!

Pomógł mi Wasil, pytając ciepłym, zwodniczo łagodnym tonem:

– Moniko, kim jest Ilona?

– Ilona? – grałam na zwłokę.

– Powiedz, dla własnego dobra. – Czyżby w jego miłym głosie zadźwięczała stal?

– Powiem. Pod pewnymi warunkami – rzekłam stanowczo i znów dostrzegłam na twarzy Wasila zdziwienie i wesołość, którą bezskutecznie próbował maskować powagą.

– Jakie są twoje warunki?

– Po pierwsze, od razu uprzedzam, że jestem z Jonaszem teraz – wypaliłam. – Teraz chcę z nim być, ale nie wiem, co się wydarzy za rok czy dwa lata.

– Doceniam twoją szczerość, Moniko. – Wasil skłonił głowę.

– Chcę gwarancji bezpieczeństwa dla mojej rodziny. Dla moich rodziców i brata z rodziną.

– To oczywiste – potaknął.

– Chcę wiedzieć, co z Nadią? Zabraliście ją z klubu. Dlaczego?

– Jest twoją przyjaciółką. Była pijana. Mieliśmy ją tam zostawić samą? – zdziwił się Jonasz.

– No nie... – Westchnęłam.

– Nic jej się nie stanie, jeśli o to zadbasz. – Wpatrywał się we mnie.

– Ja? W jaki sposób? O co ci chodzi? – Stałam się czujna.

– Ona nie może o niczym wiedzieć.

– O bananach?

– O niczym!

– Ale przecież to właśnie od Nadii dowiedziałam się, że prowadzisz jakieś nielegalne interesy.

Roześmiali się głośno, obaj.

– Wszyscy tak gadają – wyjaśnił Wasil. – Ale co innego gadać, a co innego wiedzieć na pewno. Dlatego nie możesz opowiadać Nadii o tym, co zobaczysz lub usłyszysz. Najlepiej nie mów o niczym, co jest związane z Jonaszem, nawet o tym, na jakich zasadach opiera się wasza, hm, relacja, i że nie bardzo masz wybór.

– Mam wybór – żachnęłam się. – I zawsze go będę miała!

– Moniko – głos Wasila pierwszy raz zabrzmiał surowo i ciarki mi przeszły po krzyżu. – Jeśli zależy ci na przyjaciółce, na jej bezpieczeństwie, to o niczym nie może wiedzieć. Czy to jest dla ciebie jasne?

– Tak – odparłam i pomyślałam, że się jednak myliłam. Gdyby coś łączyło Nadię i Dominika, znalazłaby się w sytuacji bez wyjścia, jak ja, dlatego zamierzałam się z nią spotkać i ostrzec, namówić, by wyjechała i spaliła za sobą mosty. Dla mnie było już za późno. Z drugiej strony przecież chciałam być z Jonaszem! Nie wiedziałam, co przyniesie los, ale teraz nie umiałabym z nim zerwać, wyrzec się tych wszystkich niesamowitych przeżyć. Pragnęłam z nim być, ale na własnych warunkach.

– Dla Dominika Nadia była jedną z wielu. Przygodą na jedną noc – powiedział Jonasz.

– Czytasz, do cholery, w moich myślach?!

Cień uśmiechu przemknął przez jego twarz.

– W naszej pracy to niezbędne – odparł. – A ty chciałaś się spotkać z Nadią, by ją ostrzec, prawda?

– Znacie treść SMS-a. – Wzruszyłam ramionami. – Chciałam ją zaprosić na ciasto i kawę z okazji skończonego projektu.

– Już to oblałyście, tyle że wódką – przypomniał mi Jonasz.

– To co, na kawie już spotkać się nie można? – brnęłam dalej.

– Nadia nigdy nie przychodziła do twojego biura z tej okazji. Ciasto jadałaś z szefem i czasem z pracownikami. Nigdy z Nadią. Ona nie tyka byle czego. Jest dużo bardziej wymagająca pod tym względem od ciebie.

– Jest coś, czego nie wiecie? – skapitulowałam.

– Musisz to odkręcić, Moniko – wtrącił stanowczo Wasil.

– Oczywiście, że odkręcę! To moja przyjaciółka. Jej bezpieczeństwo stanowi dla mnie priorytet!

– Mądra dziewczynka. – Wasil uśmiechnął się. – To przejdźmy do kolejnego punktu. Kim jest Ilona?

– Jeszcze tego nie wiecie? – spytałam, nie kryjąc zadowolenia.

– Uwierz, że się dowiemy, ale lepiej będzie, jak nam sama powiesz.

– Powiem, jeśli ona i jej rodzina także znajdą się pod ochroną.

– A więc w dalszym ciągu negocjacje?

– Tak – powiedziałam krótko, zdając sobie sprawę, że w ciągu paru dni i tak by się dowiedzieli. Wasil właściwie wyświadczał mi dżentelmeńską przysługę, przystając na te moje, pożal się Boże, negocjacje. Spojrzałam na Jonasza. Nieznacznie skinął głową, jakby potakiwał moim myślom.

– Zgoda – odparł Wasil. – A więc?

– To Krzysztof. Mój były mąż – powiedziałam spokojnie, kątem oka widząc, jak Jonasz zaciska usta w kreskę, a dolna szczęka zaczyna mu drżeć. Tego się nie spodziewał. Znowu udało mi się go czymś zaskoczyć. Aha.

– Dlaczego, kurwa, zapisałaś go jako Ilonę?!

Był wściekły. Ja też nie promieniałam radością.

– A jak myślisz?! Wpadasz do niego z samego rana. Stawiasz cały dom na nogi. Jego żonie odbiera mowę z przerażenia. Mało brakowało, żebyś obudził Daniela. To małe dziecko, ma dopiero dwa latka! Nie chciałam więcej dopuścić do takiej sytuacji. Niczym sobie nie zasłużyli na podobne traktowanie!

– Czyj to był pomysł, żeby kupił sobie nową kartę do telefonu? Jak się w tej sprawie skontaktowaliście?! – Kipiał gniewem, dociekając szczegółów spisku. – Skoro o tym wiesz, musieliście się spotkać po mojej rozmowie z nim. Wyraźnie zabroniłem mu zbliżać się do ciebie, ale nie posłuchał, palant jeden!

Wasil przysłuchiwał się tej wymianie zdań w milczeniu z poważnym wyrazem twarzy.

– Krzysztof się o mnie zwyczajnie martwi. I to z twojego powodu. Nie troszczyłby się, gdyby nie twoja niezapowiedziana wizyta w jego domu. Wspomniałeś o niej, oddając klucze, ale przebieg waszego spotkania przemilczałeś!

– Nie musi się o ciebie martwić – wycedził Jonasz przez zaciśnięte zęby. – Ja się tym zajmę.

– Krzysztof i jego rodzina mają być bezpieczni! – przypomniałam z naciskiem. – Daj mu spokój! Powtarzam, nic ci nie zrobił!

Staliśmy naprzeciw siebie, wściekli. Ja wzięłam się pod boki, on zgrzytał zębami i zaciskał pięści.

– Jonasz, jak się sprawy mają?! – Wasil włączył się do pyskówki.

– Wchodzi mi w drogę – burknął Jonasz.

– Więc na drugi raz, gdy zechcesz z nim pogadać, zrób to w cztery oczy. Na litość boską, nie przy kobiecie! Nie przy dziecku! Jesteśmy dżentelmenami, nie bandziorami bez klasy i honoru!

– Wasil, obiecałeś, że Krzysiek będzie bezpieczny! – przeraziłam się na myśl, jak może wyglądać taka pogawędka w cztery oczy.

– To sprawa między Jonaszem a tym całym Krzysztofem. Jego żona i dzieciak będą bezpieczni.

– To nie w porządku. Krzysztof nic złego nie zrobił, chciał jedynie u mnie popracować. W domu mały rozrabiał i nie mógł się skupić. Oto całe jego przewinienie!

– Spotkał się z tobą, choć mu zabroniłem. Kazałem skurwielowi raz na zawsze zniknąć z twojego życia – warknął Jonasz.

158

– No i sam sprowokowałeś jego reakcję! Wystraszyłeś go. Zaczął się bać o swoją rodzinę, ale także o mnie. Nie będziesz dyktował, z kim mi się wolno spotykać, a z kim nie. Z Krzysztofem nic mnie nie łączy, oprócz ważnego faktu, że byłam jego żoną. Rozstaliśmy się boleśnie dla mnie, potem jednak się pogodziliśmy i nie zamierzam udawać, że go nie znam. Ile razy mam ci to jeszcze powtarzać?! – wrzeszczałam, aż mnie gardło bolało. Jonasz miał jakiś dar wyzwalania we mnie gwałtownych emocji. W życiu się tak nie wkurzyłam. – Jeśli z nim porozmawiam i zapewnię, że wszystko jest w porządku, przestanie się martwić. Zresztą jeśli się przypadkowo spotkamy, nie zamierzam przed nim uciekać na drugą stronę ulicy, czy ci się to podoba, czy nie!

– Ma rację – powiedział Wasil. – Twoje hałaśliwe interwencje wzbudzają tylko niepotrzebne podejrzenia. Po co ci to? Masz ważniejsze sprawy na głowie i nimi powinieneś się zająć.

Jonasz złapał szklankę i z całej siły cisnął nią o ścianę.

– Jest niezastąpiony! – parsknął Wasil. – Ale nad emocjami w niektórych sytuacjach zupełnie nie potrafi panować – dodał i spojrzał na zegarek. – Na mnie już czas.

Jonasz wstał od stołu, chcąc odprowadzić gościa do wyjścia. Wasil pożegnał się ze mną, a zmierzając w kierunku drzwi, powiedział do Jonasza:

– Niezwykła kobieta, i jaki charakterek! – Roześmiał się. – Każę ci przesłać kilka kompletów szklanek, bo chyba nieraz ci się przydadzą w konfrontacji z tą damą. – Poklepał go po plecach. Gdy zniknęli z pola widzenia, natychmiast pojawiła się pani Stanisława i bez słowa zmiotła potłuczone szkło, a następnie zajęła się sprzątaniem ze stołu.

Po dłuższej chwili wrócił Jonasz. Podszedł do mnie od tyłu, objął w pasie i pocałował w kark.

– Doprowadzasz mnie do furii swoim uporem, a jednocześnie zaskakujesz na każdym kroku. Pierwszy raz słyszałem, jak ktoś pyskuje Wasilowi. Ba! Pyskuje? Krzyczy, kłóci się, awanturuje, stawia żądania! – Roześmiał się. – Kocham cię – dodał.

Rozdział piętnasty

Chyba lepiej, żebym pojechała do siebie. Nie chcę być świadkiem tego, co ma się tu dziać dzisiejszej nocy. A jutro od rana i tak muszę być w biurze.

– Wykluczone. I to już nie jest tylko moja decyzja.

– Nie jestem idiotką. Nie będę dzwonić na policję! Bo o to chodzi, prawda? Żebym wam nie pokrzyżowała planów.

– Nie zrobiłabyś tego. I wcale nie dlatego, że się boisz, bo potrafisz działać zupełnie irracjonalnie, a bezpieczeństwo innych przedkładasz nad własne. Nie zrobiłabyś tego ze względu na to, co mi powiedziałaś – wpatrywał się w moje oczy – o magii między nami, o baśni, którą ci opowiadam dotykiem.

– Jonasz, proszę... – zmieszałam się.

– O co prosisz?

– Niech zostanie tak, jak jest.

– Nie. Chcę, byś mnie kochała – zamruczał.

– Jeśli mi ufasz, to dlaczego nie mogę pojechać do domu?

– Bo Wasil nie słyszał tych słów. Uważa, że jesteś inteligentna, że nie zrobisz nic głupiego, ale woli mieć wszystko pod kontrolą. Taki już jest. Te banany warte są kupę kasy. Jeśli chcesz, możesz ten czas spędzić z panią Stasią. To nie potrwa długo.

– W takim razie w porządku. Obawiam się tylko, że może chcieć położyć się spać.

– Nie będzie spała. Zapewniam cię. – Spojrzał na zegarek. – Mamy jeszcze trochę czasu. Ponad dwie godziny. Co powiesz na szybki numerek z adrenaliną w tle? – Jego oczy płonęły. Podobnie jak moje policzki. – Chodź – zdecydował za mnie i uśmiechnął się tajemniczo.

– Dokąd?

– Zobaczysz. Na razie do samochodu. – Wziął mnie za rękę i pociągnął za sobą. Zbiegliśmy do garażu. Otworzył mi drzwi i wsiadłam do auta.

– Jonasz, co ty znów kombinujesz? – spytałam zaniepokojona. – Proszę! Wolę się pieprzyć w twojej sypialni niż przy drodze szybkiego ruchu.

– Wcale nie. – Roześmiał się pewny swego. – Ale tym razem chcę cię zabrać w inne miejsce. Przekręcił kluczyk w stacyjce, puścił sprzęgło, ostro dodał gazu i ruszyliśmy z piskiem opon.

– Zaraz ci wlepią mandat albo zatrzymają i twoja nocna akcja stanie pod znakiem zapytania. Nie przeze mnie.

Znowu się roześmiał, odrzucając głowę do tyłu i błyskając bielą zębów.

– Nigdy w życiu nie dostałem mandatu, ale myślisz logicznie. To mi się podoba.

– Wcale nie myślę logicznie, tylko chciałabym jeszcze trochę pożyć, skoro już zgodziłam się być z tobą. Wolę zginąć, gdy sama podejmę taką decyzję, a nie głupio i bez sensu w wypadku samochodowym, wprasowana w jakiś słup. Co ty robisz?!

Zahamował równie gwałtownie, jak wcześniej ruszył.

– To ma być twój czarny humor? Jakoś mnie nie śmieszy. Nie znoszę, gdy w ten sposób mówisz. Mam nadzieję, że nigdy nie podejmiesz takiej decyzji, bo miałabyś na sumieniu dwa życia. – Spojrzał mi w oczy, wwiercając się we mnie wzrokiem, docierając do zakamarków duszy, nie pozwalając skryć się przed wagą tego, co powiedział.

Wziął głęboki oddech i ruszył. A ja siedziałam oszołomiona, wystraszona, wzruszona.

Dojechaliśmy na Dworzec PKP. Jonasz zaparkował, wysiadł, obszedł samochód i otworzył mi drzwi. Zawsze tak robił. W tej mafii byli sami dżentelmeni.

– Dokąd jedziemy? – zdziwiłam się. – Zdążysz wrócić?

– Z całą pewnością – odparł i poprowadził mnie w kierunku gmachu dworca. – Poczekaj tu. – Wskazał ławkę i podszedł do kasy biletowej.

Znowu nie wiedziałam, co się dzieje. Mieliśmy gdzieś jechać? Czemu pociągiem?

– Chodź. Za pięć minut odjeżdża nasz pociąg. – Entuzjazmował się jak chłopiec przed wielką wyprawą w nieznane. Pobiegliśmy na peron i chwilę później już byliśmy w pociągu relacji... No właśnie, nawet nie wiedziałam, dokąd mnie porywa. Pocałował mnie dokładnie wtedy, gdy padała zapowiedź przez megafon.

– Zdradzisz mi coś więcej?

– To niespodzianka, a informacja, dokąd jedzie pociąg, nie ma żadnego znaczenia – odparł wesoło.

Usadowiliśmy się wygodnie w przedziale pierwszej klasy. Jonasz usiadł koło okna, ja naprzeciwko niego. Pociąg ruszył, a on utkwił we mnie żarliwe spojrzenie.

– Nie patrz tak – skarciłam go.

– Dlaczego? – przekrzywił głowę.

– Wiesz dlaczego.

Walczyłam ze sobą, ale mój oddech już stawał się płytki, a między udami czułam mrowienie.

– Pragniesz mnie – powiedział, nachylając się w moją stronę. Nie spuszczając ze mnie wzroku, włożył mi dłoń między kolana i zaczął nią sunąć coraz wyżej.

– Jonasz, błagam cię. Nie rób mi tego. Nie wiem, kiedy dojedziemy na miejsce, ale to raczej niedaleko, biorąc pod uwagę, że za dwie godziny musisz być z powrotem – szeptałam, poddając się jego pieszczotom i nie umiejąc stanowczo zaprotestować. Mogłam zacisnąć kolana, uwięzić jego rękę, ale tylko prosiłam bez przekonania.

– Po co czekać? – zapytał niskim, zachrypniętym głosem. Znałam ten ton i już po chwili poczułam, jak jego palce odsuwają majtki i wślizgują się do złaknionego ich dotyku wnętrza.

– Och! – jęknęłam.

– Jesteś taka mokra... Odwróć się.

– Jonasz, nie tutaj!

– Tutaj – zdecydował. – Nikogo przecież nie ma – zachrypiał.

Odwróciłam się, klękając przy fotelu, a on zadarł mi do góry sukienkę i szybkim ruchem zerwał majtki. Znów ten strach połączony z pożądaniem, znów te mieszane emocje potęgujące podniecenie. Myślałam, że szybko we mnie wejdzie, ale nie. Zaczął swoją grę, w której nie mógł przegrać. Pochylił się i zaczął lizać, ssać płatki mojej cipki, doskonale wiedząc, że teraz zgodzę się już na wszystko. Robił to tak długo, dopóki nie usłyszał kroków na korytarzu. Dopiero wtedy wszedł we mnie! Zaczął się poruszać. Wypełniał mnie sobą! Pchał coraz brutalniej, a ja stękałam i błagałam o jeszcze.

Wówczas usłyszałam, jak otwierają się drzwi do naszego przedziału.

– O Jezu! – krzyknął ktoś zduszonym głosem. Dokładnie wtedy szczytowałam, a Jonasz razem ze mną. Czułam swoje i jego konwulsje, łączące nas w jedno.

Jonasz, musimy wysiąść! I to już, natychmiast! Spalę się ze wstydu! Kto, do cholery, tu wszedł?! – panikowałam, łapiąc spazmatycznie powietrze. Wciąż z trudem panowałam nad oddechem.

– Czy było ci dobrze? – spytał tylko. Spojrzałam na niego: odprężony, zadowolony, nieco zamyślony. Jego oczy zasnuwała mgła błogości. Wyglądał, jakby spełniło się właśnie jego największe marzenie.

– Tak – wyznałam, bo ślepy by zauważył, że nadal targały mną emocje po niedawnych przeżyciach – ale musimy stąd wyjść.

– Zaraz będzie stacja – powiedział, rozciągając słowa. – Wiesz, Moniko, zawsze chciałem to zrobić w pociągu. Jeździłem i wyobrażałem to sobie. Nigdy jednak nie zrobiłem tego realnie. Dopiero teraz. Kurwa, Monia! Jak mi było dobrze! Jak mi teraz jest dobrze!

Pociąg zaczął hamować. Wzięłam twarz Jonasza w dłonie i przywarłam do jego warg. Natarłam językiem, wepchnęłam się między jego zęby. Wpuścił mnie, poddał się namiętnym pieszczotom, odwzajemniał je, nie łykając śliny, która powoli wypełniała nasze usta. Przełknęłam ją za niego. Popatrzył na mnie spod przymkniętych powiek i powiedział:

– Kocham cię.

– Chodź. – Pociągnęłam go za rękę. Pociąg hamował już zdecydowanie i wkrótce się zatrzymał. Jonasz wprawnym ruchem otworzył drzwi, wyskoczył i podał mi dłoń.

– Uważaj, kochanie. Jest bardzo wysoko.

– I podwiewa – mruknęłam. – Wisisz mi kolejne majtki. Zadając się z tobą, muszę nosić przy sobie zapasowe, bo jeszcze sobie przeziębię przydatki od twoich ekscesów – marudziłam.

Jonasz uśmiechał się kącikiem ust, prowadząc mnie w stronę malutkiej stacyjki i usytuowanego obok parkingu. Stał tam tylko jeden samochód: czarny Land Rover.

– Skąd się tu wziął?

– Poprosiłem kogoś, by go przyprowadził – odparł. – Mówiłem już, że wiele razy jeździłem tym pociągiem i wyobrażałam sobie, jakby to było. Wsiadaj. – Otworzył przede mną drzwi.

– Wtajemniczasz pracowników w swoje fantazje seksualne? – Nawet jak na Jonasza byłoby to dziwne.

– Nie. – Pokręcił głową. – Coś o moich upodobaniach wiedzą kobiety, na których rozładowywałem swoje napięcie. Ale co mam w głowie, o czym marzę, za czym tęsknię, zdradzam tylko tobie. I wolę, byś poznawała moje sekretne pragnienia w trakcie ich spełniania, nie wcześniej. Nie wiedząc, co cię czeka, nie masz czasu na myślenie, protesty, strach. Więc zatracasz się, poddajesz, otwierasz. Nie chcę, żebyś się bała, Moniko. Czy raczej: bój się, ale pod warunkiem, że to spotęguje twoje doznania ze mną. I tylko ze mną – podkreślił. – A tak w ogóle kocham cię – powiedział i zrobił taki ruch, jakby chciał mnie pocałować.

– Jonasz! – krzyknęłam. – Patrz na drogę! Tym razem mój strach nie ma nic wspólnego z seksualnymi figlami! Ponoć moje życie jest dla ciebie cenne. Więc go głupio nie narażaj! – warczałam rozzłoszczona. A on się śmiał w radosny, beztroski sposób, odchylając głowę i błyskając zębami.

Wiózł mnie, pędząc na złamanie karku, ale nie odrywał już rąk od kierownicy.

Gdy dotarliśmy do jego domu, w kilkanaście minut zmienił się nie do poznania. Niby nadal był czuły i opiekuńczy, jak zawsze, ale jednocześnie przedzierzgnął się w twardego biznesmena prowadzącego śmiertelnie niebezpiecznie interesy.

Zaprowadził mnie do sali, gdzie stała ogromna plazma oraz kilka regałów z książkami. Była tam już pani Stanisława; oglądała swój ulubiony serial. Usiadłam obok niej. Nie miałam ochoty czytać; zbyt bałam się o Jonasza. Wsłuchiwałam się w ton jego głosu, zdecydowany, surowy i bezkompromisowy; zauważyłam, że znów rozmawia z innego telefonu niż ten, którego używał na co dzień. Potem wyszedł, ale zdążyłam usłyszeć szczęk przeładowywanego pistoletu. Wcześniej znałam ten odgłos tylko z filmów, ale nie dało się go pomylić z niczym innym.

Tak bardzo się bałam! Ile to już trwało? Gospodyni zaczęła oglądać kolejny serial, ale ja z napięciem wsłuchiwałam się w dźwięki dochodzące spoza salonu. I byłam niemal pewna, że na terenie ogrodu znajdują się auta, choć musiały wjechać na zgaszonych światłach. Po chwili usłyszałam ciche kroki i rozmowy wewnątrz domu. A więc uwolnią sypialnię

Jonasza od tych pieprzonych narkotyków, zapakowanych w kartony z bananami. Rany, w co ja się władowałam? Co za pech, że tu byłam, gdy przywieźli to cholerstwo! Stałam się świadkiem przestępstwa. Dotąd wiodłam sobie spokojne życie i gdyby nie jeden wypad do nocnego lokalu, nadal by tak było. Jonasz jednak stawał się dla mnie kimś ważnym, choć broniłam się przed nim rękami i nogami. Dlaczego on?! Był totalnie pokręcony! I jeszcze te jego upodobania seksualne. Upodobania, które – co tu kryć – dawały mi tyle rozkoszy, że na samą myśl nogi mi miękły, a serce przyspieszało. Wiedziałam, że na razie musi zostać tak, jak jest. Chciałam, by tak zostało. Byłam jednak święcie przekonana, że kiedyś to się skończy – musi się skończyć, bo nic nie trwa wiecznie – i w głębi duszy wierzyłam, że Jonasz pozwoli mi wówczas odejść i włos mi z głowy nie spadnie. Czy fakt bycia niechętnym świadkiem przestępstwa mógł zdecydować o całym moim dalszym życiu? Chyba nie. A jeśli się myliłam?! Rozmyślając o tych wszystkich sprawach, musiałam zasnąć. Otworzyłam oczy, dopiero gdy Jonasz stanął nade mną i delikatnie pogładził mój policzek. Rozejrzałam się po salonie. Pani Stanisławy już nie było.

– Wolałbym cię mieć w swoim łóżku, ale możemy to zrobić na kanapie. – Uśmiechnął się figlarnie.

– Jonasz, tylko jedno ci w głowie! Czy, czy...? – Usiadłam, podkulając nogi pod siebie.

– Już po wszystkim – spoważniał.

– Jak możesz w ten sposób żyć? W ciągłym strachu? Niepewny jutra? – Kręciłam z niedowierzaniem głową.

Przykucnął przede mną i oparł dłonie na moich kolanach.

– Mówiłem ci, kocham adrenalinę we wszystkich sferach życia. To mój narkotyk. Poza tym zdążyłem się do tego przyzwyczaić. No i jestem w tym świetny. – Znowu uśmiechnął się łobuzersko.

– Nie boisz się, że cię złapią i resztę życia spędzisz w więzieniu?

– Nie – odparł pewnie. – Zresztą wcześniej żyłem z dnia na dzień. Nie myślałem o przyszłości, a teraz interesuje mnie jedynie, żebyś ty w niej była. I, co dla mnie niezrozumiałe, z tym mam największy kłopot. No ale miłość w ogóle jest dla mnie nowością; wcześniej jej nie chciałem i nie szukałem.

– Jonasz, możesz mi coś wytłumaczyć? – Chyba byłam gotowa, aby poznać szczegóły.

– Co tylko chcesz.

– Pani Stanisława powiedziała, że nigdy nie widziała w tym domu żadnej kobiety. Rudy zareagował podobnie. Więc gdzie ty się spotykałeś z tymi wszystkimi panienkami? W hotelu? U nich w domu?

– Nie. Na parkingach, w parkach lub innych miejscach publicznych. Próbowałem ci wytłumaczyć, że kręci mnie, gdy ktoś jest świadkiem tego, co robię. Choć zdarzało mi się też być osobą pasywną – wpatrywał się w moje oczy – ale rzadko.

– Pasywną? Czyli patrzyłeś?

– Rzadko – powtórzył, uśmiechając się zmysłowo. – W naszym mieście działa bardzo elitarny klub. Kontaktowaliśmy się przez Internet, potem za pomocą telefonów komórkowych. Każde takie spotkanie było planowane. Ktoś podawał miejsce i wszyscy, którzy mieli ochotę na dobrą zabawę, tam jechali. Zapraszało się też ludzi, którzy chcieli popatrzeć, ale wszystko odbywało się w zamkniętym gronie. Mogłaś być albo pasywna, albo aktywna. Wybór należał do ciebie. Czasem napatoczył się ktoś przypadkiem i odkryłem, że to mnie ekscytuje najbardziej. Przerażenie takiej osoby, jej zaskoczenie, ciekawość mimo strachu, podniecenie. Coś w rodzaju szoku.

– Jezu! – Tylko to byłam w stanie z siebie wykrztusić.

– Monika, najpierw pieprzyłem laski, żeby się wyłado-wać i z żadnego innego powodu, ale przestało mi to wy-starczać, stąd poszukiwanie nowych form aktywności sek-sualnej.

– Nigdy się nie zaangażowałeś uczuciowo?

– Mówiłem już, nigdy – powiedział, ściskając moje kola-na, jakby dla podkreślenia wagi swoich słów. – A mój dom przeznaczony jest wyłącznie dla mojej kobiety, dla kogoś, z kim chcę być. I dla nikogo więcej. Czyli dla ciebie.

– A to całe BD-coś-tam?

– BDSM? – Roześmiał się, siadając obok mnie. – Uwiel-biam, gdy mam nad tobą kontrolę. Całkowitą. Bez obaw, pre-feruję tylko lekki rodzaj.

– A jest inny? – zdziwiłam się.

– O tak! Z biczowaniem, chłostaniem i tego typu sprawa-mi. – Zaśmiał się na widok mojej miny. – Wierz lub nie, taki ból daje przyjemność.

– A ty skąd wiesz?

– Sprawdziłem. W obie strony.

– Nie... – odchrząknęłam – nie wiem, co powiedzieć. Je-stem zszokowana.

170

– Kiedyś poznałem dziewczynę. Była sado-maso. Zrobiliśmy to kilka razy w jej mieszkaniu. Mocne formy BDSM mnie nie kręcą.

– Myślałam, że to, o czym mówimy teraz, to mocne formy.

– Nie, te pozwalają odczuwać ból, który potęguje doznania. I musi być dobrowolny. Obopólne bezpieczeństwo i przyjemność to podstawa. Jeśli coś idzie nie tak i któraś ze stron odczuwa dyskomfort, może przerwać zabawę poprzez podanie słowa lub wykonanie gestu bezpieczeństwa. BDSM to po prostu dominacja i uległość. Jeśli partnerzy wcześniej dobrze się nie znają, prowadzą negocjacje. Chodzi o to, by spełnione zostały oczekiwania obu stron i ustanowione granice, których przekroczyć nie wolno – wyjaśniał z rosnącym rozbawieniem. – Przepraszam, Moniko, ale nie widziałem jeszcze, by ktoś tak szeroko otwierał oczy ze zdziwienia.

– Myślałam, że przy tobie stałam się bezpruderyjna, a o seksie wiem już sporo, ale okazuje się, że jednak niewiele wiem. Zasady, negocjacje, słowa bezpieczeństwa? Pierwszy raz o tym słyszę. Czy w tym seksie na parkingu też obowiązują zasady? – Chciałam być ironiczna, ale byłam zwyczajnie ciekawa.

– Oczywiście – odparł swobodnie. – Po pierwsze dyskrecja. Po drugie bezpieczeństwo, czyli tylko z prezerwatywą. Nie wolno tego robić na oczach nieletnich. Trzeba szanować prywatność innych i prawo każdego do odmowy. Nie wolno niszczyć mienia i należy po sobie posprzątać. To najważniejsze, moim zdaniem, ale jest jeszcze kilka reguł.

– Kochając się ze mną, nigdy nie użyłeś prezerwatywy – zauważyłam.

– Jesteś moją kobietą. Chcę cię czuć całym swoim ciałem. Dla mnie kochanie się z prezerwatywą to jak jedzenie cukierka w papierku. Nie z tobą, Moniko.

– A ewentualna ciąża?

– Jesteś zabezpieczona. Masz spiralę. I jesteś zdrowa.

– Skąd te informacje?

– Nie poszłabyś ze mną do łóżka tyle razy, gdybyś nie była zabezpieczona. Nie bierzesz pigułek, nie masz plastra i zastrzyków też nie stosujesz, a implanty są u nas wciąż nowością. Z tym palantem też nie miałaś dzieci.

– Mogę być nosicielką jakiegoś paskudnego wirusa.

– Pewnie się wkurzysz, ale wiem, że nie jesteś. Twój ginekolog nie ma co do tego wątpliwości.

– Jonasz! Nie możesz tego robić! – zawołałam. – Bo odejdę od ciebie szybciej, niż myślisz! Pewne sfery życia są tylko moje. Nie możesz w nie wkraczać.

– Wiem – szepnął, pochylając się. Delikatnie musnął wargami moje usta, jakby w geście przeprosin. – Nie złość się – dodał i objął dłonią moją pierś. Zaczął ją lekko masować; potem to samo zrobił z drugą. Pocałował mnie w szyję, łagodnie, jakby wciąż przepraszał. Czułam jego ciepły oddech. Przesunął dłonie niżej, a usta zamknęły się na sutku, ssąc go leciutko. Jeden, a potem drugi. Był taki delikatny, taki tkliwy. Wargi powędrowały niżej, przez brzuch, zrobił przystanek przy pępku, wokół którego język zataczał niespieszne koła. Wsunął we mnie palce i masował mnie od środka, znów łagodnie, delikatnie, powolnie. Rozłożył mi nogi, jedną kładąc na oparciu kanapy, jego głowa znalazła się między moimi udami, a język w szparce, którą pieścił tak subtelnie jak nigdy dotąd. A potem wszedł we mnie i poruszał się lekko, bez zwykłej gwałtowności, bez tej swojej łapczywości. Wypełniał mnie sobą i czułam, jakbyśmy tańczyli zmysłową, niespieszną rumbę.

– Patrz na mnie – zamruczał. Więc patrzyłam, dawałam się hipnotyzować zielonym oczom, gdy wchodził we mnie głęboko, ale bez natarczywości. Zataczał koła. I doszłam na szczyt inaczej niż zwykle, spokojniej, a rozkosz zalała mnie leniwą falą. Trwając i trwając. Nagle pchnął kilka razy bardzo ostro i znieruchomiał, a potem wtulił się we mnie, drżąc i dysząc.

– Kocham cię – wyszeptał mi wprost do ucha.

A ja pomyślałam, że choć nie chciałam tych wyznań, to nigdy mi się nie znudzą.

Rozdział szesnasty

Jonasz! – krzyknęłam, zrywając się na równe nogi. – Zaraz muszę być w biurze! Cholera, nie nastawiłam budzika. Proszę, zamów mi taksówkę! Biegnę pod prysznic! – dodałam i już mnie nie było. Uwinęłam się błyskawicznie.

– Chcesz jechać z mokrymi włosami? – spytał z taką miną, jakbym mogła od tego dostać zapalenia płuc.

– Nie mam czasu! Jest ciepło! – Krzątałam się w pośpiechu, próbując zrobić makijaż tym, co miałam w torebce.

– Bez śniadania?

– Jonasz, błagam. Za chwilę będę spóźniona!

– I co z tego? – burknął. Dąsał się jak dzieciak, któremu matka nie chce kupić lizaka.

– A to z tego, że chcę się wywiązywać ze swoich obowiązków i chcę być punktualna! Zamówiłeś taksówkę?!

Wzruszył ramionami.

– Sam cię odwiozę.

– Muszę jeszcze zajrzeć do domu.

– No to chodź.

Kilka minut później pędziliśmy czarnym Land Roverem.

Do domu wpadłam jak burza. Wzięłam potrzebne rzeczy i nim minął kwadrans, dotarliśmy pod moje biuro. Wtedy rozdzwoniła się komórka. W pośpiechu spojrzałam na wyświetlacz: Ilona. Chciałam ukryć zmieszanie, ale Jonasz zareagował natychmiast.

– Kto to?

– Nieważne – mruknęłam. – Potem pogadamy. Pędzę – dodałam i gdy zaczęłam wysiadać, chwycił mnie za rękę.

– Ten palant?

– Jonasz, potem porozmawiamy. I nie waż się tknąć go palcem!

– Poczekaj – rzucił krótko. Wysiadł z samochodu, obszedł go i swoim zwyczajem otworzył mi drzwi.

– Dziękuję – odparłam i chciałam pobiec, ale znów mnie zatrzymał, całując krótko i mocno. Jakby wyciskał pieczęć, jakby mnie znaczył.

– Zdzwonimy się – zawołałam i ruszyłam pędem przed siebie.

W biurze szef przywitał mnie bardzo serdecznie. Klient przyszedł jakieś dziesięć minut później. Pokazałam mu wszystkie funkcje strony. Omówiliśmy resztę szczegółów. Właściwie dużo wcześniej widział projekt graficzny i zaakceptował go bez zastrzeżeń, ale teraz wszystko zostało dopięte na ostatni guzik: grafiki, silnik strony, hosting, adres i wykupiona domena. Był zachwycony. Szef pękał z dumy.

Spotkanie z klientem przedłużyło się, bo zaczął opowiadać o planach zaprzyjaźnionych osób i nalegał, żebym to ja zajęła się wykonaniem tych projektów. Musiałam w notesie pozapisywać nazwiska osób i nazwy firm. Gdy wyszedł, przeglądaliśmy z szefem kolejne zlecenia. Wybrałam najbardziej intratne, ale też nie najłatwiejsze. Miałam wykonać stronę dla wypożyczalni samochodów. No cóż, lubiłam wyzwania.

– Masz u mnie premię! – Szef był wniebowzięty.

– Premia zawsze mile widziana.

– Zatem teraz czas na kawę i ciasto.

– Nie wiem, czy zmieszczę po tym szampanie z klientem, ale postaram się. Szefie, zaprosiłam Nadię – powiedziałam i w tym momencie rozległ się dźwięk telefonu na jego biurku. Odebrał.

– Tak, oczywiście – bąknął, a potem spojrzał na mnie, mile zaskoczony. – Dlaczego nie powiedziałaś, że przygotowałaś niespodziankę? – zapytał. – Musiałaś być pewna, że strona będzie strzałem w dziesiątkę.

Potrzebowałam chwili na skojarzenie faktów, ale gdy zobaczyłam w drzwiach kuriera, który potem rozstawiał na stole szefa same rarytasy i kilka butelek drogiego wina, wszystko stało się oczywiste. Jonasz! Po chwili wbiegła Nadia. Jeden rzut okiem na menu wystarczył, by prawie zaniemówiła.

– Miały być ciasto i... kawa – jęknęła, z trudem powstrzymując się, by nie wypowiedzieć „podła". I całe szczęście, bo bym ją udusiła gołymi rękami, gdyby przy szefie palnęła taką gafę. Wszak to on zawsze w ten sposób fetował nasz sukces, nie zdając sobie chyba sprawy, że ciasto i kawa, które nam serwował, do wykwintnych nie należały. Starał się jednak po swojemu, a ja, choć byłam wściekła na Jonasza, mogłam tę sytuację wykorzystać, by uspokoić Nadię, która musiała nabrać podejrzeń po moim dziwnym SMS-ie.

– Dziś jest coś więcej niż zwykle, dlatego musiałam cię jakoś zwabić. Inaczej tyłka byś z domu nie ruszyła. – Zachichotałam.

– Nawet nie wiesz, jak mi ulżyło, że o tę niespodziankę ci chodziło, bo już się bałam o ciebie. – Podeszła i przytuliła mnie mocno. – Jak Jonasz po tej całej zadymie w klubie? – spytała cicho.

– W porządku. Był zazdrosny, ale mu przeszło. A co z tobą?

– Też w porządku. – Uśmiechnęła się. – Jeden z tych typków zadbał, bym szczęśliwie dotarła do domu i położyła się spać. Na drugi dzień w mojej lodówce znalazłam wszystko, co potrzebne na kaca.

W duchu odetchnęłam z ulgą.

– Szefie, to zapraszamy chyba wszystkich pracowników, bo sami nie zjemy tego przez miesiąc! – zawołałam.

– Czy ty dorabiasz gdzieś na boku? To musiało kosztować fortunę! – Zaśmiał się.

– To raczej zasługa jej nowego chłopaka – palnęła Nadia.

– Jest coś, o czym nie wiem? – Szef utkwił we mnie dobrotliwe spojrzenie.

– No, dołożył się. Jest ze mnie dumny – wyjaśniłam.

– Będziemy musieli o tym porozmawiać. Oj, oj. – Po ojcowsku pogroził mi palcem.

– Tak jest, szefie! – Zasalutowałam.

Impreza rozkręcała się i było mało prawdopodobne, by dziś ktoś jeszcze pracował. Gdy Nadia wdała się w zajmującą rozmowę z Szymonem, informatykiem w naszej firmie, po cichu wykradłam się na korytarz. Odszukałam numer Ilony i wcisnęłam „połącz".

– Tak? – usłyszałam.

– Cześć, Krzysztof. Przepraszam, że nie odbierałam. Trochę się wydarzyło, ale wszystko jest w najlepszym porządku. Ty i twoja rodzina jesteście bezpieczni. O nic nie musisz się martwić. Tak, mnie też nic nie grozi. I jeszcze jedno! Jonasz wie, że Ilona to ty. Nie złość się. Wszyscy jesteśmy bezpieczni. Tak? Nie, no oczywiście! Mogę się z tobą spotkać. Gdzie i kiedy? Dobrze. Okej. – Rozłączyłam się. Czułam, że coś jest nie tak, ale dopiero teraz zauważyłam wpatrzone w siebie zielone oczy.

– Nie jestem pewien, czy on jest taki bezpieczny – wycedził lodowato Jonasz.

– Jestem z tobą. I dopóki z tobą będę, on ma być bezpieczny – odparłam stanowczo.

– No to skazana jesteś na mnie do końca życia. Dlaczego zgodziłaś się z nim spotkać?

– Bo mnie o to poprosił. Być może chce się upewnić, że na pewno u mnie wszystko gra.

– Możesz mieć, czego tylko zapragniesz, i ten kutas doskonale o tym wie. Czemu, kurwa, nie może zejść mi z drogi?! Liczy na to, że go ochronisz?!

– Tak, dałam mu tę gwarancję. I mam nadzieję, że...

– Ten skurwysyn cię kocha – przerwał mi bezceremonialnie, zaciskając usta; dolna szczęka mu drżała.

– Krzysztof kocha Julię i Daniela. To jest jego rodzina.

– Zaliczył wpadkę. Rżnął panienkę na boku, bo nie wiedział, jaki skarb ma we własnym domu. Teraz to zobaczył! Ale już za późno! – Jonasz ledwo panował nad sobą. – Jesteś moja! Słyszysz? Moja! Nie tego gnoja!

Podeszłam do niego i pogładziłam go po policzku, a potem wplotłam palce w falowane włosy, których dziś nie spiął, choć założył garnitur. Przyciągnęłam jego głowę do siebie i szepnęłam mu do ucha:

– Jestem tylko twoja, Jonasz. Tylko twoja, przysięgam, ale nie możesz robić tego, co robisz. Jeśli chcesz, żebym była twoja na zawsze, musisz mi zaufać. – Sama nie wierzyłam w to, co mówię. Kurwa! Jakie: na zawsze?!

Ale teraz, tu, dzisiaj, czułam, że należę tylko do niego. Nie kłamałam.

– Nie wiem, Monia, czy potrafię – zacharczał. – Kocham cię do szaleństwa, a nigdy nikogo nie kochałem. Nie mam wprawy, dlatego świruję. Boję się, że cię stracę i... mam ochotę mordować.

– Jonasz, jestem twoja, słyszysz? Ale jeśli mój szef chce uczcić zakończenie mojego projektu podłą kawą i kiepskim ciastem, pozwól mu na to. Jeśli Krzysiek chce ze mną pogadać, to zarówno on, jak i ja mamy do tego prawo. Rozumiesz?

– Nie – odparł poważnie i chyba rzeczywiście tego nie rozumiał. – Wzięłaś kolejny projekt? – spytał.

– Tak. I to dopiero będzie wyzwanie! – ekscytowałam się. – Strona wypożyczalni samochodów! Jednej z największych wypożyczalni w mieście! Coś nie tak? – spytałam, widząc, że nie podziela mojego entuzjazmu.

– Nie rozumiem, po co to robisz? Mogę dać ci wszystko!

– Satysfakcję z pracy także? – zapytałam łagodnie.

Jego zielone oczy pociemniały.

– Dlaczego ja ci nie wystarczam? Kurwa, po co ci ta satysfakcja z pracy?! Po co ci w ogóle jakaś praca?!

– Bo jestem w niej dobra i o tym wiem! Jestem dobra bez twoich wpływów, bo byłam świetna, zanim cię poznałam.

– Okej. Jakoś to przeżyję! Ale tego palanta, który chce cię odzyskać, nie zdzierżę!

– Nie odzyska mnie! – obiecałam. – Nigdy. Ale wolno mi z nim rozmawiać i spotykać się od czasu do czasu.

Na chwilę zamilkł, przyglądając mi się.

– Powtórz – poprosił chrapliwym głosem.

– Co?

– Wiesz co.

Wiedziałam.

– Jestem tylko twoja, Jonasz.

I wtedy – tam, na tym korytarzu – wszedł we mnie natychmiast, odsłaniając tylko cienki pasek majtek, zakrywający moją mokrą i gotową cipkę. Wtargnął w nią po swojemu, gwałtownie, i pchał bardzo głęboko, w zachłannym pośpiechu. A ja wgryzłam się w jego szyję, prawie do krwi, żeby nie krzyczeć, i wbiłam mu paznokcie w ramiona, raniąc go, czego nawet nie poczuł. Dyszał, jęczał, charczał.

– Kocham cię – usłyszałam po raz kolejny. – Kurwa, jak ja cię kocham – powtórzył. Wciąż tkwił we mnie i wylewał się na zewnątrz razem z moją przeżytą rozkoszą, i ściekał po moich udach. W przebłysku świadomości szepnęłam:

– Idziemy stąd. Do mnie.

Wkrótce, przytuleni, zmęczeni, odpływaliśmy w sen, choć było dopiero popołudnie.

Rozdział siedemnasty

Nie wiem, ile spaliśmy. Dwie godzinki, może trzy. Traciłam przy nim poczucie czasu. Dzień mi się mieszał z nocą.

– Witaj, kochanie. – Jonasz uśmiechnął się i przeciągnął, a potem pocałował mnie czule. – Jesteś głodna? – spytał.

– To zależy, co masz na myśli? – Poruszyłam znacząco brwiami i koniuszkiem języka przesunęłam po górnej wardze.

Roześmiał się seksownie, a potem oparł na łokciu i z rozbawieniem wpatrywał w moje oczy.

– Pragniesz mnie? – zamruczał.

– Mhm. Jak zawsze, ale racja, najpierw musimy coś zjeść. – Westchnęłam. – Zdecydowałam się: jestem głodna. I siku mi się chce.

– No to biegaj. A jak wrócisz, pojedziemy do mnie. Pani Stanisława coś przygotuje.

– Nie, zjemy u mnie – zaprotestowałam grzecznie, acz stanowczo.

– Jak cię znam, masz pustą lodówkę. – Uśmiechnął się szeroko.

– Upieram się, żebyśmy zjedli u mnie. – Popatrzyłam na niego wyczekująco. Małe kompromisy. Musi się ich nauczyć, inaczej nic z tego nie wyjdzie, nawet na krótko.

– No dobrze – poddał się. – Zaraz coś zamówię. I nie będzie to chińszczyzna na wynos. – Pokręcił z niedowierzaniem głową. – Chyba oszalałem. Dlaczego ja ci ustępuję?

– Poczekaj, niczego nie zamawiaj. Ja chcę coś przygotować.

Gdy wróciłam z łazienki, zastałam Jonasza przy otwartych drzwiach lodówki.

– Skarbie, jak cię kocham, muszę zaoponować. Nie da się przygotować czegoś z niczego. – Wyszczerzył w uśmiechu swoje równe, białe zęby.

– Daj mi szansę – powiedziałam. Wstawiłam wodę, wyjęłam słoik z kawą i zawahałam się. – Co to właściwie za posiłek? Obiad czy kolacja? – Spojrzałam na zegar ścienny. – Chyba obiadokolacja – stwierdziłam.

Przyglądał mi się z wyraźnym rozbawieniem.

– Kawa, herbata, kakao czy woda mineralna? – spytałam, marszcząc brwi.

– Cóż za wybór! Poproszę kakao, choć wolałbym wino.

– Musiałabym zwędzić którąś z butelek, które przysłałeś do biura, żeby zadowolić twoje podniebienie, a nie zrobiłam tego – droczyłam się z nim, wsypując kakao i cukier do kubków. Potem wzięłam czajnik z gorącą wodą.

– Stop! – zawołał. – Mamy pić kakao z wodą?!

– Spokojnie. – Zachichotałam na widok jego miny; jakbym co najmniej chciała mu zaserwować wodę z kałuży. – Naleję tylko trochę. W ten sposób kakao dobrze się rozpuszcza, bez grudek. Mam mleko.

– Kwaśne?! – Zarechotał radośnie.

– Świeże. Mleko mam zawsze. No, prawie zawsze. Zaraz zagrzeję – powiedziałam, wyjmując butelkę i nalewając mleka do czerwonego rondelka.

Wkrótce kakao stało na stole.

Wstał z łóżka, cudownie nagi, aż przełknęłam ślinę, śledząc ruchy jego mięśni, napinających się pod smagłą skórą. Zauważył to.

– Podobam ci się?

– Mhm – mruknęłam i znów zajrzałam do lodówki.

– Podniecam cię?

– Jonasz, usiłuję się skupić na przygotowaniu posiłku – skarciłam go.

– Odpowiedz na pytanie – nie dawał za wygraną.

– Przecież wiesz, że tak.

– Wiem, ale chcę to usłyszeć. – Upił łyk kakao i oblizał się. – Pyszne. – Spojrzał na mnie zaskoczony i wziął kolejny łyczek.

– A widzisz.

Wyjęłam z lodówki śmietanę i postawiłam na stole. Potem przyniosłam cukier i chleb. Zauważyłam, że powstrzymuje się od śmiechu.

– O co chodzi? – zdziwiłam się.

– Mamy świetne kakao, z mlekiem i dodatkiem gorącej wody, bez grudek – mówił. – A teraz rozumiem, że będziemy mieć śmietanę z cukrem jako danie główne?

– Nie kpij, nie nabijaj się, tylko zamknij oczy – zaordynowałam.

– Zamknąć oczy? Podoba mi się. Czy to będzie jakiś perwersyjne bzykanko ze śmietaną w roli głównej? Mhm...

– Zamknij oczy! – poleciłam.

– Już się robi, Moniś.

– I nie podglądaj.

– Jak sobie życzysz. Zwiążesz mnie? To będzie BDSM? – Uśmiechnął się lubieżnie.

– Zamykaj oczy, ale już!

– Coraz bardziej mi się podoba – zamruczał i wreszcie przymknął powieki.

Nachyliłam się nad nim, językiem obrysowałam kształt jego warg, a potem pocałowałam go mocno.

– Coraz bardziej mi się podoba – jęknął.

– Milcz, bo będę musiała cię zakneblować!

– Widzę, że szybko się uczysz. – Na jego wargach zatańczył psotny uśmieszek.

– A teraz rozchyl usta, ugryź. Możesz się oblizać, ale nie otwieraj oczu.

Wykonał moje polecenie. Przez chwilę żuł w milczeniu.

– Dobre! Niezwykłe. Co to jest?

– Sam zobacz, już możesz. – Roześmiałam się.

– Chleb ze śmietaną i cukrem? – Nie mógł wyjść ze zdumienia. – Nie miałem pojęcia, że tak dobrze może smakować!

– Chleb z dobrą, niestety tłustą śmietaną, posypany cukrem w ten sposób. – Wzięłam kromkę pieczywa, posmarowałam grubo, ustawiłam pod kątem około czterdziestu stopni i obsypałam cukrem, którego nadmiar spadł do cukierniczki.

– A jednak potrafisz zrobić coś z niczego – powiedział z uznaniem. – I to w dziedzinie, która nie wydawała mi się twoją pasją.

– Całkiem dobrze gotuję – pochwaliłam się. – Po prostu teraz, wyłącznie dla siebie, nie chce mi się wysilać. Stąd pusta lodówka. A frykas, który właśnie pałaszujesz, to specjalność rodzinna. W domu nie było biednie, ale też się nie przelewało. Moi rodzice pracowali do późna i czasem gdy wracałam do pustego domu, nic nie było, tylko śmietana, masło, cukier i chleb. Ale od czego jest wyobraźnia! – Cofnęłam się wspomnieniami o kilkanaście lat. – To samo można zrobić z pajdą chleba posmarowaną masłem, ale gdy masz dobrą śmietanę, smak jest iście wyborny.

– Pamiętasz jeszcze jakieś smaki z dzieciństwa? – Spoglądał na mnie z rozczuleniem.

– Tak. – Uśmiechnęłam się. – Chrupiąca kromka chleba z domowym smalcem, takim ze skwarkami, posypana solą. I ciasto drożdżowe z rabarbarem! Kurczę, to było coś! W sklepie takiego nie dostaniesz. No i z kruszonką. Wiesz, jak pachnie ciasto drożdżowe wypiekane w domowym piekarniku?

– Niestety nie – odpowiedział i wyraźnie posmutniał. – Nie znam ani takich smaków, ani zapachów. Niby miałem wszystko, co można kupić za pieniądze. Ale nie dostałem najważniejszego: miłości. I bardzo za tym tęsknię, potrzebuję tego, potrzebuję ciebie, Monia.

Wiedziałam, że mówi prawdę. Teraz w to wierzył. Dotknęłam jego policzka. Nakrył moją dłoń swoją, a potem przesunął do ust i pocałował.

Zjedliśmy chleb do ostatniego okruszka, wypiliśmy kakao do ostatniej kropli.

– Idę wziąć prysznic. Chyba że wolisz pierwszy? – Spojrzałam na niego z pytaniem w oczach.

– A może pójdziemy razem i umyjemy sobie nawzajem nie tylko plecy? – zaproponował, uśmiechając się prowokująco.

Pokręciłam głową.

– Nie czułabym się komfortowo. Dostałam okres w czasie snu.

– No i co? – Patrzył na mnie, jakby nie rozumiał. – Gdy się zbudziliśmy, pragnęłaś mnie.

– Tak, ale...

– Co ale? – przerwał. – Przeszkadza ci to?

– Nie wiem – odpowiedziałam i zakłopotana wzruszyłam ramionami. Z Krzysztofem nigdy nie kochałam się podczas menstruacji. Zwyczajnie go informowałam o tym fakcie, a on nie nalegał. Dlatego nie wiedziałam, co powiedzieć.

– Weź ręcznik – powiedział Jonasz – i usiądź tu. – Wskazał fotel.

– Ale...

– Nie ma żadnego ale – oznajmił stanowczym tonem, a jego oddech już stawał się płytki. – Zrób to.

Zamyśliłam się, wsłuchałam w siebie, w swoje ciało. Pierwszy dzień był najbardziej obfity. Pragnęłam Jonasza, zawsze, wystarczyło, bym pomyślała o nas razem, ale teraz mimo podniecenia jego pragnieniem czułam też rosnące zawstydzenie.

– Nie – odparłam, zaskakując go. Nie przywykł, bym mu odmawiała w kwestiach dotyczących seksu. – Jednak nie. Nie dziś. Naprawdę nie czułabym się dobrze. Może jutro nie będę miała takich oporów, ale teraz leci ze mnie jak...

– Mnie to nie przeszkadza – zastrzegł natychmiast, płonącym spojrzeniem wymuszając moją zgodę. – Kocham cię. Całą. W każdej sytuacji i każdej fazie cyklu.

– Ale mnie by przeszkadzało. Proszę, nie nalegaj, uszanuj moją decyzję. Mam podać bezpieczne słowo? Nie. Mówię: nie. Wystarczy?

W dwóch krokach podszedł do mnie, złapał moją głową i wepchnął język do ust, całując mnie łapczywie i nachalnie. Jęknęłam. Uśmiechnął się i odsunął nieco, choć wciąż jego twarz była tak blisko, że nasze nosy się stykały.

– Wystarczy, Moniś.

Rozdział osiemnasty

Wyszłam spod prysznica i szybko wskoczyłam w piżamę. Gdy się zorientował, co to oznacza, momentalnie się nadąsał.

– Dlaczego jesteś w piżamie?

– Nie zauważyłeś, że w międzyczasie zrobił się wieczór?

– Owszem i myślałem, że wracamy do domu.

– Jonasz, tu jest mój dom – przypomniałam mu.

– Nie! – zaprotestował. – Twój dom jest tam, gdzie ja. W naszym domu czeka na nas pani Stanisława...

– Jonasz, proszę, nie zaczynaj wszystkiego od początku. Tak jest dobrze. Jesteśmy razem, ale ty mieszkasz u siebie, a ja u siebie – mówiłam łagodnie, by ostrym tonem nie zaogniać sytuacji. – Mam swój plan dnia, którego zamierzam się trzymać. Dostałam nowe zlecenie. Przede mną wykonanie projektu graficznego strony. To najtrudniejszy etap i największy stres. Klient ma wtedy najwięcej uwag i zastrzeżeń. To mu się nie podoba, tamto by zmienił. Na tym etapie wszystko się rozstrzyga. Gdy dochodzę z klientem do porozumienia i wiem, że jest zadowolony z projektu, dalej idzie już z górki – tłumaczyłam. – Oczywiście różnie bywa. To jak z malowaniem pokoju. Klient godzi się na zieloną ścianę, a gdy już taka jest, zmienia zdanie i chce czerwoną. Rozumiesz?

– Tak – warknął. – Sam potrafię zmieniać zdanie po kilka razy i moje polecenia są wykonywane bez szemrania. Ale nie życzę sobie, by ktoś w taki sposób traktował moją kobietę. Czemu się na to godzisz, czemu nie rzucisz tego w diabły?

– Bo jestem w tym dobra. I na ogół, gdy klient zaakceptuje wstępny projekt, nie zgłasza potem zastrzeżeń i jest zadowolony z efektu końcowego.

– Poniosłaś na tym polu jakieś porażki? – spytał nagle z autentycznym zainteresowaniem.

– Tak, ale nieliczne – powiedziałam zgodnie z prawdą. – Tłumaczę ci, że na etapie projektu graficznego wszystko się może zdarzyć. To najtrudniejsza faza pracy. Wtedy klient grymasi, przedstawia swoje wizje, może się wycofać.

– Wycofać? Ty robisz projekt w kilku wersjach, poprawiasz, spełniasz jego zachcianki, a on rezygnuje?! – oburzał się Jonasz. Zachowywał się nielogicznie. Jako zleceniodawca, co sam przyznał, bywał wymagający i kapryśny, więc czemu się dziwił, że inni mogą postępować tak samo?

– No zdarza się, ale rzadko. Niemniej ma prawo. Na tym etapie ma prawo! To faza pozyskiwania klienta, więc nie możemy oczekiwać, że kupi kota w worku. Jeśli już zaakceptuje projekt, to podpisujemy umowę. A potem finalizujemy sprawę i liczymy na sukces. Taki jak dziś. Choć nie podoba mi się twoja ingerencja, ta cała wystawna uczta. Nie możesz tak robić.

– Mogę! Odniosłaś sukces, więc mogę. Od dziś na sto projektów stu klientów będzie zachwyconych.

– Jonasz! Nie wolno ci, zabraniam! To moja praca, moja pasja. Nie mieszaj się. Porażki także są potrzebne. Dzięki nim uczę się na własnych błędach. Na tym polega życie i ja to akceptuję!

– Ja nie – upierał się. – Kocham cię. I żaden palant nigdy więcej nie powie, że mu się twój projekt nie podoba.

– Przestań! – krzyknęłam tak głośno, że aż się wzdrygnął i zaczął patrzeć ciut przytomniej. – To moja praca i kocham ją. Tak jak się kocha ludzi, z ich zaletami i wadami, czy raczej pomimo tych wad.

– Mnie też pokochasz pomimo moich wad? – rzucił mi w twarz ni to błaganie, ni wyzwanie. – I będziesz mnie bronić tak jak swojej pracy?

– Jonasz, praca to moja pasja, moja przeszłość i teraźniejszość. Ty pojawiłeś się tak nagle. Nie oczekiwałam tego. Nie planowałam. – Wyjaśniałam, wyrywając z siebie słowa. Chciałam być uczciwa, choć wiedziałam, że mogę go zranić. – I się wtrącasz. Nieproszony. A ta praca była, jest i będzie tylko moja.

– A ty jesteś tylko moja! Tak powiedziałaś! Kłamałaś?!

– Nie! Jestem twoja, dziś, teraz, jutro. Ale nic więcej nie obiecywałam!

– Ja mogę obiecać, nie boję się. Jestem tylko twój! Na zawsze! – Podniósł kubek ze stołu i cisnął nim z całej siły o podłogę.

No i udało mu się mnie wkurzyć. Skrupuły prysły.

– To mój dom i mój kubek. A raczej to był mój kubek. I niech mi tu Wasil nie przysyła zapasowych – cedziłam z gniewem. – Pewnych rzeczy nie da się zastąpić. Nie pomyślałeś, bo po co. A może to był mój ulubiony kubek? Ja nie miałam wszystkiego i dlatego przywiązuję się do drobiazgów. A ty je niszczysz bez zastanowienia! Czy ty nie widzisz, jak się różnimy?!

– Monika! – krzyknął. – Kurwa! Nie obchodzi mnie to, jak bardzo się różnimy! Z jak odległych planet pochodzimy. Kocham cię! I tylko tego pragnę od ciebie!

– Tak?! Twoja miłość polega na tym, by zdominować całe moje życie. To BDSM psychiczne!

– Przecież robię to dla ciebie, żeby cię uszczęśliwić! Więc bierz, korzystaj!

– Nie wiem, czy potrafię, Jonasz. I nie wiem, czy chcę. Nie, nie chcę. Pragnę zachować niezależność w pewnych sferach życia. Teraz zamierzam iść spać, a jutro chcę się zająć projektem dla tej wypożyczalni samochodów – powiedziałam, czując zmęczenie kolejną naszą kłótnią.

I w tym momencie – cóż za wyczucie czasu – odezwała się moja komórka. Nie zdążyłam zmienić ustawień i Krzysiek nadal wyświetlał mi się jako Ilona.

– Tak, Krzysztof?

– Pojutrze, o dwudziestej, w Alibi?

– Tak, może być, albo wpadnij po prostu do mnie.

– A Jonasz? – spytał z niepokojem w głosie.

– Nie będzie nam przeszkadzał. Jest teraz ze mną i wie, że to ty dzwonisz. – Zerknęłam na Jonasza. Był wściekły. A jednocześnie bezradny; dostrzegłam cień rozpaczy w jego oczach, ale musiałam stawiać granice jego ingerencji w moją prywatność. Musiałam dać jasny przekaz.

– To wolałbym u ciebie. Jeżeli ktoś nas zobaczy i doniesie Julii, to mam przerąbane.

– Dobrze, wpadnij – powiedziałam, kończąc połączenie, i zauważyłam, że Jonasz się rozbiera.

– Zostaję u ciebie – oznajmił krótko.

– Krzysiek dziś nie przyjdzie. Umówiłam się z nim na kiedy indziej i bez twojej asysty.

– Domyślam się, ale chcę tu spać. Z tobą. Wyrzucasz mnie?

– Nie, Jonasz. Zostań – powiedziałam łagodnie. – Ale jutro poproszę cię, żebyś wyszedł przed dziesiątą. Mam swój plan dnia.

Skinął głową, że rozumie i całkiem nagi wszedł do łóżka. Ja po chwili też, w piżamie, majtkach i z nowym tamponem. I choć nic nie powiedział, choć nie naciskał, wiedziałam, że był gotów kochać się ze mną. Wciąż tego łaknął, wciąż mnie pragnął, nigdy nie miał dosyć. Byłam jego nałogiem, jego narkotykiem. A ja, co czułam? Wypierałam się emocji, chciałam ograniczać swoje doznania do biologii, fizyczności, ale oszukiwałam samą siebie. Podróż, w którą mnie zabrał, była cudowna i odbierałam ją całą sobą. Umysłem, ciałem, sercem. A nie powinnam!

Tej nocy Jonasz oplótł mnie sobą, obejmując mocno rękami i nogami. Wtulił twarz w moje piersi, odchylając materiał piżamy. Po raz kolejny szepnął:

– Kocham cię.

I przywarł do mnie całym ciałem, drżąc, ale nie z podniecenia fizycznego. Po prostu mnie kochał. Chciał tym razem mojej bliskości. Wplotłam ręce w jego włosy; przez chwilę bawiłam się nimi, owijając je wokół palców, a potem objęłam jego głowę i przygarnęłam jeszcze mocniej do swoich piersi.

Gdy rankiem się zbudziłam, Jonasza nie było w łóżku. Z łazienki też nie dobiegały żadne odgłosy. Może musiał wyjść wcześniej. Spojrzałam na zegarek. Dochodziła dziesiąta. Uśmiechnęłam się do siebie. A jednak, gdy chciał, potrafił uszanować moją prywatność. Przeciągnęłam się leniwie i dopiero teraz dostrzegłam, że stół jest nakryty.

Wyślizgnęłam się z łóżka i podeszłam bliżej. Wpatrywałam się ze zdumieniem w wielkie pajdy chleba z wypieczoną skórką, posmarowane smalcem ze skwarkami. Ale to nie był kupny smalec, wyglądał na domowy. A jak pachniał! Obok stały dwa kubki. Dwa. Więc gdzie się podział Jonasz? Długo nie musiałam czekać na odpowiedź. Po chwili drzwi się otworzyły i wszedł do środka, uśmiechając się szeroko. W ręku trzymał komórkę; tę drugą, przez którą załatwiał swoje podejrzane interesy. Zauważył mój wzrok.

– Wszystko pod kontrolą, maleńka – powiedział i włożył telefon do kieszeni dżinsów. – Wiem, że jest późno, ale nie miałem sumienia cię budzić. Przyglądałem się, jak śpisz. Jesteś wtedy taka słodka i bezbronna. No i przytulałaś się do mnie. – Zmrużył oczy, przekrzywiając głowę na bok. – Pozwolisz mi zjeść ze sobą śniadanie?

– Gdzie byłeś? – spytałam.

– W samochodzie.

– Po co?

– Musiałem wykonać kilka ważnych telefonów.

– Nie chciałeś, żebym usłyszała twoją rozmowę – stwierdziłam.

– Skarbie, już ci tłumaczyłem, im mniej wiesz, tym lepiej dla ciebie. Nie chcę cię niepotrzebnie narażać. Gdybym mógł, zniknąłbym z twojego życia, czy raczej w ogóle bym się w nim nie pojawił, ale jest, jak jest, więc mi tego nie utrudniaj. – W tonie jego głosu, w nerwowym geście, jakim przeczesał włosy, kryła się desperacja. Widać myślał o rozstaniu, rozważał taką opcję, i przegrał z rozsądkiem. Nie potrafił ze mnie zrezygnować, nawet dla mojego dobra.

To mnie poruszyło. Kochał mnie, na swój sposób, przez jakiś czas, ale kochał.

– Rozumiem i respektuję. A czy ty potrafisz uszanować moją pracę i nie wtrącać się do niej? – Spojrzałam mu prosto w oczy. Zauważyłam, że zerknął na zegarek. Było dziesięć po dziesiątej.

– Mam sobie iść? – W jego głosie złość mieszała się ze smutkiem. Nie pierwszy raz.

– Pójdziesz, ale po śniadaniu. Nie o to mi teraz chodziło.

– A o co?

– O naszą wczorajszą rozmowę. To moja praca i nie chcę byś się do niej wtrącał.

– Spróbuję. – Westchnął.

– Nawet gdy będę ponosiła porażki.

– W tej kwestii nie obiecuję – burknął, rzucając mi gniewne spojrzenie.

– Jonasz, ja się nie wtrącam w twoje sprawy zawodowe, a przecież żyjesz głównie z lewych interesów.

– Mam legalne hotele. Z nich również czerpię dochód, zapomniałaś?

– Nie, nie zapomniałam, ale pod przykrywką tych legalnych hoteli prowadzisz całą masę brudnych interesów. Ja wiem tylko o narkotykach. W resztę nawet nie wnikam. A narkotyki to nie wszystko, prawda?

Przyglądał mi się dłuższą chwilę w milczeniu, jakby zastanawiał się, co odpowiedzieć.

– Nie wszystko, ale niektóre rzeczy nie są tak straszne, jak ci się wydaje.

– Nie? – Uniosłam z powątpiewaniem brwi.

– Nie. Zatrudniam luksusowe prostytutki, ale to dziwki z wyboru. Kasa, którą zarabiają, idzie też dla mnie, oczywiście, ale nie tylko.

– Nie tylko? – ironizowałam. – One też zarabiają? Jakiś ty miły.

– Zdziwiłabyś się, jak dużo nadziani faceci płacą za seks. Ale, owszem, na pracy dziwek zarabiają też inni. One zyskują w zamian ochronę, moje hotele zresztą też. Monia, w tym świecie musisz się opowiedzieć po którejś ze stron. Hotele, kasyna, kluby i tym podobne miejsca podlegają różnym strefom wpływów. Nie dostosujesz się, to nie masz hotelu czy klubu. W najlepszym wypadku wybuchnie w nim pożar.

– W najgorszym?

– Spalisz się ty albo wylecisz w powietrze wraz z samochodem, albo dostaniesz kulkę w łeb. Tu musisz się opowiedzieć po którejś ze stron – powtórzył – i zajść na tyle wysoko, by inni dbali o twoje dupsko i o to, żeby ci włos z głowy nie spadł.

– Nie uwierzę, że nie ma kasyn czy hoteli działających legalnie.

Uśmiechnął się.

– Chyba były kiedyś takie hotele. Niech sobie przypomnę... – Udał, że się zastanawia. – Aha, splajtowały, bo zbyt wysoki haracz musiały płacić. Właściciel, który chciał przetrwać, szybko decydował się na inny rodzaj współpracy. Na pewną przynależność. Nie wiem, czy to dobre słowo. – Zmrużył oczy. – Może to raczej lojalność.

– Rozumiem, że narkotyki też wprowadzacie do obiegu w twoich hotelach?

– Nie tylko tam – odparł głosem pozbawionym wyrazu.

– Jonasz, to śmierć!

– Ćpuny były, są i będą. Tak wybrali. Nikt ich do tego nie zmusza.

– Zmusza ich nałóg.

– Właśnie. Nie kupią u nas, to kupią gdzie indziej. A tam mogą kupić kupę gówna. Nasz towar jest czysty.

– Chryste, uczciwość w sprzedawaniu śmierci! – jęknęłam. – Czy ty słyszysz, jak to brzmi? – Milczał. – Co jeszcze? Handel ludźmi?

– Zdecydowanie nie.

– Handel bronią? – dopytywałam się.

Znów nie odpowiedział od razu, tylko przyglądał mi się uważnie.

– Moniko, powtarzam po raz kolejny, że im mniej wiesz, tym jesteś bezpieczniejsza – odparł wymijająco.

– Jednak coś tam mi powiedziałeś. Nie boisz się, że mam podsłuch w mieszkaniu, że współpracuję z policją? Albo zacznę? – prowokowałam go.

– Dowiedziałbym się, zanim wykonałabyś jakikolwiek ruch w tę stronę. – W jego spojrzeniu mignęła złość, którą zastąpił cynizm. – Nie boję się. Już to przerabialiśmy. Nie będziesz chciała nikogo narażać, zwłaszcza bliskich ci osób, do których i ja się teraz zaliczam. Jestem dla ciebie ważny – powiedział. Nie chwalił się, nie zgadywał. Wiedział.

Zareagowałam instynktownie: uniosłam głowę.

– Bo niesiona emocjami po niesamowitym seksie naplotłam coś o bajkach? – próbowałam zmniejszyć rangę tamtego wyznania.

– Dlatego że byłaś szczera. I tego akurat jestem pewien. – Kiwnął głową, by pokreślić ten fakt.

Miał rację, był dla mnie ważny! Stawał się coraz ważniejszy. Na przekór wszystkiemu. Znałam go tak krótko, ledwie kilka dni, a przeżyłam z nim więcej niż z Krzysztofem w ciągu całego naszego małżeństwa. Spojrzałam na niego: uśmiechał się.

– Nie! – powiedziałam. – Nie wiesz, o czym myślę.

– Wiem. Jestem dobry w mowie ciała, to ważne w mojej pracy. Umiem odczytywać intencje i emocje, nawet gdy ktoś bardzo się pilnuje. Zwykle czytam w twarzach świetnych graczy. A ty, nie obraź się, nie jesteś w tym dobra. – Roześmiał się.

– Twoja pewność siebie kiedyś cię zgubi.

– Nie potrafisz kłamać – powiedział, przysuwając się do moich warg, by znienacka mnie pocałować, wpychając mi nachalnie język do ust i nie przyjmując sprzeciwu. Zresztą protestowałam dla zasady. – Nie mówmy już o tym – poprosił. – Zjadłaś już dwie kromki, zupełnie bezwiednie, a ja chcę, byś poczuła ich smak. – Wziął do ręki kolejną skibkę. – Ugryź i delektuj się smakami domu rodzinnego.

Tak zrobiłam i aż przymknęłam oczy z lubością. Smakowało przepysznie.

– Skąd masz taki dobry chleb i smalec?

– Chleb jest domowego wypieku, smalec też własnej roboty. Tak jak lubisz.

– Pani Stasia?

– Chleb tak. O zdobycie smalcu musiałem poprosić zaprzyjaźnione osoby. Pani Stanisława obiecała jednak, że tym też się zajmie, bo uwielbia takie swojskie dania jak chleb ze śmietaną i cukrem czy ze smalcem. Swoimi gustami kulinarnymi podbiłaś jej serce. To dla mnie robi te wymyślne, zagraniczne dziwactwa – zakpił z siebie.

– Dziękuję – szepnęłam.

– Taką cię lubię. – Uśmiechnął się i ugryzł moją kromkę. – Hmm, faktycznie, pychota!

Gdy wychodził, rzucił krótko:

– Przyjadę po ciebie jutro wieczorem. Wcześniej nie mogę, będę zajęty.

– Jonasz, zadzwonię. Ja też mam swoje plany, jutro przychodzi Krzysztof. Zadzwonię, gdy wyjdzie.

Wyraz jego twarzy natychmiast się zmienił. Usta zacisnęły się w wąską kreseczkę, a dolna szczęka zadrżała. Ciekawe, jak on sobie radzi z tymi odruchami w trakcie swoich spotkań z półświatkiem.

– Jonasz!

– Będę czekał na telefon – odparł i wyszedł, trzaskając drzwiami.

Wiedziałam, że nie dotrzyma słowa. Znałam go zbyt dobrze.

Te blisko dwa dni wolnego od Jonasza przydały mi się. Podgoniłam pracę i przygotowałam się do spotkania z Krzysztofem. Przyszedł punktualnie, a ja w drzwiach wręczyłam mu kartkę, na której napisałam:

„Nie czytaj na głos. Jonasz ma przeróżne pomysły. Jest cholernie zazdrosny, ale spokojnie. Ty i twoja rodzina jesteście bezpieczni. Ja również. Po prostu chcę pogadać z tobą swobodnie, a nie wiem, czy moje mieszkanie to dobre miejsce. Teraz posiedzimy ze dwadzieścia minut, pogadamy o pierdołach i wyjdziesz. Spotkamy się jutro w kawiarni przy ulicy Lindego. To dość odległe miejsce; Julia się nie dowie. Proponuję osiemnastą. I powiedz, jak bardzo kochasz Julię i jak bardzo jesteś z nią szczęśliwy. Gadaj o rodzinie i tak dalej".

Krzysiek przeczytał i skinął potwierdzająco głową.

– Pyszna kawa – powiedział z autentycznym podziwem. – Zawsze świetnie ci wychodziła. Chciałem się upewnić, czy wszystko dobrze. Jest okej?

– Tak. Naprawdę nie musisz się o mnie martwić. Kontroluję sytuację.

– Aha. Czyli mam rozumieć, że jesteś z Jonaszem, bo tego chcesz? – Zachowywał się naturalnie, zero sztuczności. Miał talent aktorski. W przeciwieństwie do mnie. Bałam się, że ewentualny podsłuchiwacz wychwyci fałszywe tony w moim głosie.

– Oczywiście. Chcę tego – powiedziałam i to akurat była prawda. Chciałam, ale na swoich warunkach. – A jak tam Julia i Daniel? – spytałam.

No i Krzysztof dał popis elokwencji. Opowiadał o Danielu, o planach wobec niego, o romantycznych kolacjach przygotowywanych przez Julię. O tym, jak bardzo się kochają i jaki jest szczęśliwy.

– Przepraszam, że ci to mówię – ciągnął dalej swoją grę. – Zagalopowałem się. Nie wyszło nam, ale nadal się przyjaźnimy. Twoja przyjaźń jest dla mnie bardzo cenna, nie chciałbym jej stracić. Jednak zapytany o rodzinę nie umiem się powstrzymać i chwalę się jak dzieciak.

– Nie przejmuj się. Naprawdę cieszę się, że jesteś szczęśliwy – powiedziałam.

– Życzę ci tego samego, z całego serca. A teraz muszę lecieć, Julia czeka z obiadem.

– Leć. – Posłałam mu uśmiech na pożegnanie.

Krzysztof wyszedł, a ja położyłam się na łóżku z książką. Jednak nie mogłam skupić się na czytaniu. Jonasz mi ufał. Kłopot w tym, że ja nie ufałam jemu. Miałam świadomość, jak bardzo nie znosi Krzysztofa i jak bardzo potrafi być zaborczy. Poza tym próbował mnie kontrolować – w jego mniemaniu dla mojego dobra i bezpieczeństwa. Wiedząc o planowanej wizycie Krzysztofa, który działał na niego jak czerwona płachta na byka, odpuściłby sobie? Wątpię, to do Jonasza niepodobne. Bałam się też, że Krzysiek wypali z jakimś tekstem w stylu: „Gdybym wcześniej wiedział pewne rzeczy, moglibyśmy nadal być szczęśliwi". Wtedy chyba nawet ja nie byłabym w stanie go ochronić. Jonasz podejrzewał, że Krzysztof chce mnie odzyskać. Gdyby coś takiego usłyszał, zrównałby go z ziemią. A ja? Czułam się bezpieczna. I chciałam Krzyśka o tym zapewnić w swobodnej rozmowie, a nie zastanawiając się, czy Jonasz słyszy i ocenia każde nasze słowo.

Zaczynałam prowadzić swoją własną grę i chyba mi się to podobało. Przechytrzyć Jonasza to nie byle co! Nie wątpiłam, że wkrótce się zjawi, nie czekając na mój telefon.

Rozdział dziewiętnasty

O tworzyłam drzwi. Jonasz stał na progu.
– Jest Krzysztof? – zapytał jakby nigdy nic.

– Już wyszedł – odpowiedziałam.

– Miałaś zadzwonić – skarcił mnie. – Nie telefonowałaś, więc się martwiłem i dlatego przyjechałem – kłamał ze spokojną twarzą. Ani krzty irytacji czy złości. Musiał słyszeć przebieg naszej rozmowy i był bardzo z niego zadowolony.

– Przepraszam, na śmierć zapomniałam. – Próbowałam być autentyczna. – Wzięłam książkę i wciągnęła mnie, ale na pewno bym zadzwoniła. Wcześniej czy później. Przepraszam, Jonasz. Wejdź.

Wszedł i rozejrzał się po mieszkaniu. Jego wzrok padł na otwartą książkę, leżącą grzbietem do góry na moim łóżku. Moja wersja została uwiarygodniona.

– Rani mnie, że książka jest dla ciebie ważniejsza ode mnie. – Westchnął ciężko. – W ramach przeprosin jedziemy do mnie.

– Wolałabym zostać tutaj – opierałam się dla zasady.

– A ja wolałbym, żebyś spędziła tę noc ze mną – zamruczał. – Nic nie mów, tylko się zgódź. Odwiozę cię jutro przed dziesiątą, byś mogła wykonać swój święty plan dnia – szeptał, uśmiechając się. Miał wyraźnie dobry nastrój. – Przygotowałem coś specjalnego – dodał, wpatrując się we mnie namiętnie.

– Widzę, że wyciągasz swoją tajną broń. – Roześmiałam się.

– Tak, bo wiem, że to działa, Moniko – powiedział niskim, chrapliwym głosem, od którego przeszedł mnie dreszcz, ciało pokryło się gęsią skórką, a w podbrzuszu poczułam mrowienie.

– Dobrze, jedźmy.

– To lubię!

Ledwie ruszyliśmy, odezwała się komórka, którą Jonasz wyciągnął pospiesznie. To była ta nieoficjalna.

– Tak? – spytał ostro. – Zaraz będę. Ściągnij Rudego! – Rozłączył się. – Kurwa!

– Spokojnie, możesz mnie wysadzić. Wrócę do domu, skoro masz coś ważnego do załatwienia – powiedziałam.

– Nie! – warknął. – Chcę dziś spędzić z tobą noc.

– Wrócisz, gdy pozałatwiasz swoje...

– Nie! – przerwał mi gwałtownie. – Monia... – zawahał się. – Mogę cię zawieźć do domu i poczekasz z panią Stanisławą albo... – urwał.

– Albo?

– Albo podjedziemy na chwilę do jednego z moich hoteli i zostawię cię na kwadrans pod dobrą opieką, a potem wrócimy do domu. Zależy mi na czasie, ale wybór należy do ciebie.

A więc istniały sprawy, o których mogłam decydować. Z trudem docierało to do mojej świadomości. On chyba naprawdę chciał mnie chronić i nie zamierzał celowo wciągać w całe to bagno. Teraz, chociaż się spieszył, czekał, aż podejmę decyzję. Normalnie nie mogłam uwierzyć!

– Jedźmy do hotelu – powiedziałam stanowczo.

– Monia, na pewno? – Wciąż się wahał.

– Tak.

– Jeśli nie chcesz...

202

– Chcę.

Jeszcze chwilę uważnie się we mnie wpatrywał, a potem docisnął pedał gazu. Nic nie mówiliśmy. Jonasz jak szalony wjechał na hotelowy parking. Do jego samochodu natychmiast podbiegli jacyś ludzie; pracownicy hotelu, sądząc po uniformach. Jeden z mężczyzn otworzył drzwi z mojej strony, a drugi te od strony kierowcy. Jonasz rzucił mu kluczyki, potem złapał mnie za rękę i pociągnął za sobą. Wszystko działo się błyskawicznie. Najpierw recepcja, potem duży hol, sala jadalna, najbardziej ekskluzywna, jaką w życiu widziałam, winda, zjazd w dół i kasyno. Miałam wrażenie, że pracownicy hotelu kłaniają się nam w pas, cofając pod ściany, żeby tylko Jonasz mógł swobodnie przejść. Weszliśmy do sali klubowej, w której mieściły się bar i dyskoteka. Przy barze siedziało dwóch mężczyzn w garniturach od Armaniego. Nieopodal stało czterech wysokich, umięśnionych facetów. Goryle? Chyba tak. Jonasz rozejrzał się szybko po sali. Gestem dłoni przywołał jakiegoś mężczyznę; też nie zaliczał się do ułomków.

– Zostawiam ją pod twoją opieką i ma się dobrze bawić – warknął, po czym pocałował mnie mocno i krótko. – Niedługo będę z powrotem – rzucił i ruszył w stronę baru. Zauważyłam, że do tamtych czterech ochroniarzy dołączyła kolejna czwórka. Ochrona Jonasza? Oby!

– Mówią na mnie Zony. Zapraszam do loży, pani Moniko.

Wiedział, jak mam na imię.

Gdy usiedliśmy, obsługa baru – oraz restauracji, która znajdowała się przecież piętro wyżej – zjawiła się natychmiast i zaoferowała dosłownie wszystko. Zamówiłam butelkę białego półsłodkiego wina i jakieś nieznane mi danie. Potem zapytałam Zonego, czego się napije.

– W pani obecności nie wolno mi pić.

– A ja sama pić nie zamierzam. Proszę, zamów coś. Biorę to na siebie.

Zony zdecydował się na whisky i niebawem wszystko było na stoliku, włącznie z dziwnym daniem. Spróbowałam, ale nie bardzo wiedziałam, co o nim sądzić. Smakowało specyficznie. Nalewałam sobie kolejne lampki wina, prowadziłam pogawędkę z Zonym, wpatrując się w Jonasza. Rozmawiał z eleganckimi gośćmi przy barze. Twarz miał pozbawioną wyrazu; nie zaciskał ust w wąską kreskę, nie drżała mu dolna szczęka. No pięknie! Czyżby tylko przy mnie tracił kontrolę? Tylko ja wyzwalałam w nim emocje, które normalnie skrywał pod maską?

– Lubisz to? – spytałam Zonego, wskazując na swój talerz.

– Uwielbiam. – Uśmiechnął się.

– To wcinaj. Powiemy, że ja to zjadłam.

– Pani Moniko – wtrącił między jednym a drugim kęsem – niech pani tyle nie pije, proszę, bo mnie się za to dostanie.

– Nie, nie! Dopilnuję tego! – zapewniłam go wesoło.

Zaczynało mi się kręcić w głowie. Obsługa wciąż dyskretnie podchodziła i pytała: pani Moniko, a może to, a może tamto.

– Zony – nachyliłam się ku niemu – kurczę, skąd oni wiedzą, jak mam na imię?

– No przecież jest pani kobietą szefa!

– No i co z tego?

Roześmiał się.

– Wszyscy wiedzą od jakiegoś czasu.

– Powinnam się bać? Mogłam tu, cholera, nie przyjeżdżać.

– Pani Moniko – Zony był wyraźnie rozbawiony – to nie ma znaczenia, czy pani tu przyjechała, czy nie, ludzie i tak dbają o panią oraz o pani bezpieczeństwo.

– Zony, ale mi się to w ogóle nie podoba – jęknęłam. – No mówię ci szczerze.

Rechotał ze śmiechu.

– Tysiące babek chciałoby znaleźć się na pani miejscu.

– Zony – przerwałam mu przestraszona. – Oni gdzieś poszli! Nie ma ich przy barze. Zony! – wpadałam w histerię. – Jeśli oni coś mu zrobią, to ja...

– Spokojnie, takie procedury. Pewnie musieli coś ustalić na osobności – tłumaczył mi.

Faktycznie, Jonasz zjawił się cały i zdrowy, a nawet uśmiechnięty. Ale uśmiech zniknął z jego twarzy, gdy spojrzał na Zonego i na pustą szklankę po whisky.

– Spróbuj go tknąć palcem, a cię nie znam – ostrzegłam.

– To nie negocjacje, tylko szantaż! – oburzył się.

– Nie chciałam pić sama. – Wzruszyłam ramionami. – Namówiłam go.

– A tobie kto kazał tyle pić? – burknął i dodał stanowczo: – Idziemy do samochodu. A tobie ja wydaję polecenia – rzucił chłodno w kierunku Zonego.

– Tak jest, szefie.

Wyszliśmy na parking. Samochód już czekał.

– Co ty wyprawiasz, do cholery?!

– Denerwowałam się.

– Mogłem cię zawieźć do pani Stanisławy – dodał łagodniej. – Nie możesz tyle pić. To była zwykła rozmowa.

– Nieplanowana.

– Czasem tak bywa. Jestem do tego przyzwyczajony.

– Ale ja nie – szepnęłam.

– Wiem. Ech – westchnął rozczarowany – i co ja mam z tobą zrobić? Miałem trochę inne plany na ten wieczór.

– I niby ja ci je pokrzyżowałam?

– Nie kocham się z pijanymi kobietami – wyjaśnił szorstko. – Przecież doskonale o tym wiesz.

– Niezupełnie – mruknęłam, zerkając na niego spod rzęs.

– Masz na myśli tamten wieczór? – Znowu westchnął. – Dobrze wiesz, że tego nie chciałem. Straciłem nad sobą kontrolę.

– Lubię, gdy tracisz nad sobą kontrolę. – Uśmiechnęłam się zmysłowo.

– Wiem, w co grasz. – W jego oczach pojawił się znajomy błysk. – Ale nic z tego. Będę cię pieprzył, nawet bardzo ostro, ale gdy wytrzeźwiejesz. Chcę, byś wszystko czuła i była w pełni świadoma, a nie przytłumiona alkoholem.

– Więc odwieź mnie do domu. – Wzruszyłam ramionami.

– Nie. Wytrzeźwiejesz w naszym łóżku i nie waż się mówić – podniósł głos, widząc, że otwieram usta – że to moje łóżko albo że chcesz wracać. Nie ma takiej opcji.

Siedziałam naburmuszona i przez całą drogę nie odezwałam się już ani słowem.

Pani Stasia przywitała mnie szerokim uśmiechem, jakby naprawdę ucieszyła się na mój widok. Jakoś tak ciepło mi się na sercu zrobiło. Poczułam na sobie wzrok Jonasza i spojrzałam w jego stronę. Musiał dostrzec moją reakcję i wyraźnie mu się spodobała. Upatrywał w tym szansy dla siebie? Że jego dom stanie się moim domem? Przez chwilę wpatrywaliśmy się w siebie, świadomi własnych myśli. Speszona uciekłam wzrokiem w bok.

– Zjecie coś? – spytała pani Stanisława. – Na co macie ochotę?

Nie zdążyłam odpowiedzieć, bo Jonasz zdecydował za mnie:

– Dla Moniki coś ciepłego. Zależy mi, żeby szybko wytrzeźwiała.

Poczerwieniałam z zażenowania. Jak on mógł mi zrobić taki wstyd przy pani Stanisławie?

– Nie jestem pijana! – prychnęłam oburzona.

– Chcę, żebyś była zupełnie trzeźwa. – Zmrużył oczy i przyglądał mi się z tym swoim kpiącym uśmieszkiem.

Pani Stanisława zachowywała się zwyczajnie. Krzątała się po kuchni, zagadywała mnie, jednocześnie nakrywając do stołu. Po chwili postawiła przede mną talerz z gorącym rosołem i kubek z dziwnie smakującym płynem.

– Co to jest? – spytałam, gdy gospodyni zniknęła za drzwiami.

– Pewien specyfik, który pozwoli ci pozbyć się nadmiaru alkoholu z organizmu. Nie zamierzam rezygnować ze swoich planów. Ty zapewne też sobie tego nie życzysz. – Mrugnął do mnie.

– Czy ty chcesz mnie utuczyć? O tej godzinie rosół?

– Powiedziałem ci, czego chcę. – Błysk pożądania zaiśnił w jego oczach.

– A ja nie chcę, żebyś mnie kompromitował przy pani Stasi – odparłam.

– Dom to jedyne miejsce, gdzie możemy czuć się swobodnie. Pani Stanisława jest jego częścią. Rozumiesz, Moniś? Tylko tutaj nie muszę niczego udawać.

Nic nie odpowiedziałam. Po głębszym zastanowieniu przyznałam mu rację. Tyle że dla niego było to o wiele prostsze niż dla mnie. Ja nie byłam tak zżyta z panią Stanisławą, nie mieszkałam z nią pod jednym dachem od wielu lat.

Dokończyliśmy posiłek w milczeniu i udaliśmy się do sypialni Jonasza, a potem pod prysznic. Gdy poczułam, jak jego palce rozchylają moją szparkę i wślizgują się do środka, szepnęłam:

– Wejdź we mnie, teraz.

– Mam na dziś zupełnie inne plany i liczę, że już wytrzeźwiałaś.

Gdy znaleźliśmy się w łóżku, ułożył mnie na brzuchu.

– Chciałbym dziś zająć się twoim tyłeczkiem – oznajmił i już po głosie słyszałam, jak bardzo jest podniecony.

Wystraszyłam się.

– Jonasz, nie... proszę – delikatnie spróbowałam mu wyperswadować ten pomysł. – Ja nigdy tego nie robiłam. To boli.

– Ciii – szepnął. – Zaufaj mi. Nawet nie wiesz, ile tam jest receptorów. Dziś tylko zaczniemy przygotowywać twoją śliczną pupę. Będę ci mówił, co robię.

Poczułam jego dłonie na swoich plecach. Gładził je delikatnie i całował, potem zsunął ręce w dół i to samo robił z udami i pośladkami.

– Posmaruję nas teraz lubrykantem. To taki specjalny środek nawilżający i stymulujący.

Poczułam na pośladkach i między nimi coś wilgotnego.

– Boję się...

– Wiem, ale nie zrobię ci krzywdy. Czy to nie jest przyjemne? – spytał i palcem delikatnie przesuwał pomiędzy moimi pośladkami.

Było dziwnie, zaskakująco, ale przyjemnie.

– Jest.

– Więc odpręż się. Chcę by ci się to podobało, byś prosiła o więcej. Myśl o moim dotyku, o przyjemności, nie o bólu – szeptał mi do ucha i całował w kark. Jedną dłonią delikatnie masował moją pupę, a palcem drugiej ręki gładził okolice odbytu. Nagle jego wargi również powędrowały w dół. Było mi dobrze i strach zaczął się oddalać. Jego usta były takie ciepłe. Całował i lizał miejsce, którego jeszcze nigdy nie dotykał, by po długich pieszczotach zanurzyć w środku koniuszek języka. Jęknęłam, a on wsunął go głębiej, drugą dłonią gładząc łechtaczkę.

Nie miałam pojęcia, że to takie niesamowite wrażenie. Gdy zastąpił język palcem, podniecenie wzrosło. Ale odlot!

– Chcę wsunąć go dalej – szepnął.

– Zrób to – jęknęłam, a on powoli wykonał moją prośbę, delikatnie poruszając opuszką palca. Jednocześnie wciąż pieścił powiększającą się łechtaczkę.

– Teraz włożę ci wibrator analny – dyszał. – Cieniutki jak mój palec, z żelową powłoką. Jest delikatny – zachrypiał i... już. Stało się.

– Uuch! – Stęknęłam głośno, przeciągle. Nie sądziłam, że może być aż tak.

– Wiem, kochanie, wiem... – mruczał, wchodząc we mnie i przytrzymując wibrator ręką, by się nie wysunął.

Stymulował mnie podwójnie, zwiększając doznania po wielokroć. Oboje jęczeliśmy z rozkoszy trudnej do opisania, sięgającej poza ciało. Zespoliliśmy się fizycznie, emocjonalnie, psychiczne. I nagle zaczęła nami wstrząsać eksplozja orgazmu.

Gdy ochłonęliśmy, Jonasz szepnął:

– Mam nadzieję, że za jakiś czas ja tam będę zamiast wibratora.

Wciąż uspokajałam oddech.

– Zgodzisz się? – Wsparł się na łokciu i popatrzył mi prosto w oczy.

– Tak i nawet się odwzajemnię.

– Co takiego? – Jego oczy pociemniały.

– Pokażę ci, jakie to uczucie.

– Znam je. – Uśmiechnął się na widok mojej miny. – Bawiłem się wibratorem wiele razy, ale sam. Z pewnymi rzeczami czekałem na ciebie. I bardzo chętnie poczuję tam twój gorący język i twoje delikatne paluszki.

Poczułam się zawstydzona, choć dokładnie to miałam na myśli. Bezwiednie spuściłam głowę, ale natychmiast uniósł moją brodę.

– Nie wstydź się i spójrz na mnie. Chcę przekroczyć z tobą wiele granic. Tobie się wydaje, że już wszystkie przekroczyłaś, ale to nieprawda. Uwielbiam, gdy przekraczasz barierę samokontroli, ale nie chcę, byś się wstydziła po fakcie. Nie przy mnie. Rozmawiajmy, zwierzaj się ze swoich fantazji. Otwórz się na nas.

Z trudem przełknęłam ślinę.

– Spróbuję.

– To dobrze. – Uśmiechnął się z satysfakcją. – Twoja propozycja aktualna?

– Tak. – Zadrżałam z podniecenia.

– Więc zrób to, wypieść mnie językiem, włóż we mnie swoje długie palce, potem wepchnij tam wibrator, a na koniec obciągnij mi.

I wszystko to zrobiłam, po kolei, czując narastające pożądanie na widok jego reakcji. Wił się i stękał. Wyrzucał z siebie całą masę wulgarnych, przepełnionych erotyzmem słów. Zaprowadziłam go daleko poza granice kontroli. A gdy leżał wyczerpany, bez skrępowania usiadłam na nim, wprowadzając go do chlupoczącego, gorącego wnętrza. Przywarłam do niego, naga skóra do nagiej skóry, i zaczęłam się kołysać, ocierać, falować. We własnym rytmie, napędzana własnym pragnieniem. Szczytowałam, wykrzykując jego imię.

– Częściej tak rób, maleńka – jęknął. – Kocham cię.

Rozdział dwudziesty

Oczywiście zaspałam, a Jonasz mnie nie obudził.

– Wybacz. – Leżał podparty na łokciu i z tym uśmiechem bliskim drwiny przyglądał się, jak w pośpiechu wkładam na siebie ubranie. – Niechętnie wypuszczam cię z objęć.

– Nie leż tak i nie gap się, też wstawaj. Podwieziesz mnie do domu, obiecałeś.

– Twój plan dnia rozkłada mnie na łopatki. Zachowujesz się tak, jakbyś miała za chwilę stracić pracę – droczył się ze mną.

– Jestem zorganizowaną kobietą. Muszę się trzymać własnych ustaleń, jeśli chcę dobrze wykonywać swoją robotę.

Chwyciłam poduszkę i cisnęłam nią w Jonasza, a on wyskoczył z łóżka, złapał mnie, rzucił na pościel i przygwoździł swoim ciałem. Pocałował brutalnie, dłonią przytrzymując za włosy. Czułam, jaki jest twardy. Zadrżałam, choć nie ze strachu. Przepłynęła przeze mnie fala gorąca, gdy zdarł majtki, które przed chwilą założyłam. Wdarł się we mnie równie gwałtownie, jak wcześniej pocałował. Dźgał mocno, poruszając się z jakąś narastającą furią. Ścisnęłam mięśniami pochwy jego penisa.

– Kurwa! Monika! O tak, właśnie! – zawołał, a potem zaczął wydawać pierwotne dźwięki. Charczał, sapał, mruczał i dyszał. Na koniec jęknął spazmatycznie, drżąc i tryskając długo i obficie. Czułam ciepło wypływającej spermy. Wszystko we mnie pulsowało i zdobyłam własny szczyt, wbijając paznokcie w jego ramiona i krzycząc głośno:

– Jonasz!

– Tak?

– Nawet nie wiesz, jak mi dobrze z tobą w środku – mruknęłam. – Masz pojęcie, co ze mną wyprawiasz? To naprawdę magia!

– Wiem. Widzę to w twoich oczach, gdy cię rżnę. Dokładnie, ostre słowa na ostre rżnięcie. Uwielbiasz to, a ja uwielbiam na ciebie patrzeć.

– No to fajnie, tylko szkoda, że przez ciebie stracę pracę – próbowałam przywołać go do porządku.

– Nie lubię, gdy mówisz o pracy. Wolę słuchać wyznań, co czujesz, gdy jestem w tobie.

– To najlepszy dowód, że nad tym, co mówię, też zaczynam tracić kontrolę.

– Co mnie cieszy, ale czekam jeszcze na coś – zachrypiał.

– Niby na co?

– Aż przestaniesz kontrolować swoje uczucia, Moniś.

Zamknęłam mu usta pocałunkiem, bo ile razy można tłumaczyć.

– Zawieź mnie do domu – poprosiłam, wyswobadzając się z jego objęć. – I kup mi majtki, dużo majtek, bo za szybko je niszczysz. – Roześmiałam się. – Na to ci pozwalam.

– O której mam po ciebie przyjechać?

– Zadzwonię, dobrze? Obiecuję, że nie zapomnę. Robię ten nowy projekt graficzny, więc skończę późno. Nie wiem, ile mi to zajmie. I uszanuj to – dodałam pospiesznie, widząc, że chce zaprotestować.

– Nie mam do ciebie siły, Moniko. Jeśli nie zadzwonisz, przyjadę.

Tego akurat byłam pewna. Ale musiałam się dziś spotkać z Krzysztofem i znaleźć podsłuch w moim mieszkaniu. Zamierzałam również poważnie rozmówić się z Jonaszem. Powiedzieć wprost, że nie życzę sobie takiej upokarzającej inwigilacji. Skarciłam się też w myślach za dotychczasową uległość. Tak dalej nie może być. Nie wolno mu wykorzystywać faktu, że topnieję jak wosk, gdy tylko mnie dotknie, ani szantażować swoim pragnieniem miłości. Współczułam mu, żałowałam małego chłopca, którego nikt nie kochał. Ale ten chłopiec dorósł i potrafił być bezwzględny w egzekwowaniu swoich pragnień.

Istniała też druga strona medalu. Chciałam czy nie, wciągnął mnie do swojego fascynującego świata i myśl, że mogłabym z dnia na dzień utracić to wszystko, była okropna. Wręcz nie do zniesienia. No ale jeżeli coś ma z tego być, musimy ustalić jakieś zasady. Wciąż się broniłam, nie chciałam przyznać, że go kocham. Opierałam się, oszukiwałam Jonasza i samą siebie, ale miałam na to coraz mniej siły.

– Gotowy? Czy mam wezwać taksówkę?

– Jestem twoim facetem i zamierzam odstawić cię pod same drzwi. – Puścił do mnie oko.

– O, co to, to nie! – zaprotestowałam. – Muszę pracować.

– Nie musisz – burknął. – A skoro się upierasz, możesz pracować tutaj. Jest cała masa pokoi do wyboru.

– Przywykłam pracować w samotności. Poza tym o ile przy pani Stasi umiałabym się skupić, nie sądzę, by przy tobie mi się udało.

– Na to liczyłem. – Zmrużył oczy i przekrzywił głowę na bok.

214

– Jonasz, nie da się żyć wyłącznie seksem, choćby naj- wspanialszym.

Milczał, przyglądając mi się uważnie. Jakby czekał na rozwinięcie myśli. Mogłabym mu powiedzieć, że najfan- tastyczniejsze doznania fizyczne to tylko wydmuszka, je- żeli nie idzie za nimi coś więcej. Pożądanie wcześniej czy później się wypala i związek przechodzi do niebytu albo na wyższy poziom. Zakochanie to stan przejściowy, dopiero miłość jest trwała.

Ale nic nie powiedziałam, bo by nie zrozumiał. Mężczy- zna tak zraniony, tak władczy i zachłanny, tak spragniony i przyzwyczajony do spełniania swoich zachcianek, po prostu by nie zrozumiał. Był tak pewny swego i swoich uczuć, że nie uwierzyłby, iż myli miłość z żądzą. A ja nie miałam co do tego wątpliwości.

Wyszliśmy z domu bez śniadania, ku wielkiemu niezado- woleniu pani Stasi. Jonasz odpalił auto i ruszyliśmy w stronę mojego domu.

– Normalnie gnasz na złamanie karku, jakby cię ktoś go- nił, a dziś grzebiesz się jak mucha w smole.

– Chcę cię dłużej mieć przy sobie.

– I co ja mam z tobą zrobić?

– Kochać mnie.

W końcu dojechaliśmy. Pocałował mnie i szepnął:

– Może jednak odprowadzę cię pod same drzwi?

– Wykluczone! – zawołałam.

Nim zdążył wysiąść i otworzyć mi drzwi, już mnie nie było. Wbiegając do bramy, odwróciłam się i pomachałam mu ręką na pożegnanie, a on pogroził mi palcem.

Wpadłam jak burza do mieszkania. Czy powinnam najpierw zająć się podsłuchem, czy też usiąść do roboty? Zdecydowałam, że pluskwy mogą poczekać; w trakcie pracy i tak nie będę z nikim rozmawiać. Zrobiłam sobie kawy i włączyłam laptopa. Do lodówki nawet nie zajrzałam, bo po co. Powinnam jednak była coś zjeść przed wyjściem od Jonasza albo przynajmniej kupić jakieś bułki po drodze. Moje kulinarne dylematy przerwał dźwięk dzwonka do drzwi. Pomyślałam, że jeśli to Jonasz, to się pokłócimy. Nie pozwolę, żeby lekceważył moją pracę, moje prośby, a tym samym mnie. Nastawiona bojowo podeszłam do drzwi i otworzyłam je, gotowa na awanturę.

– Dzień dobry. – Przede mną stał posłaniec z ekskluzywnej restauracji. – To dla pani. – Podał mi lśniącą, elegancką torebkę.

– Dziękuję – bąknęłam. – Ile mam ci zapłacić? – spytałam odruchowo, choć mocno bym się zdziwiła, gdyby Jonasz nie uregulował rachunku, z uwzględnieniem solidnego napiwku dla chłopaka.

– Nic, wszystko już zapłacone, proszę pani. Do widzenia.

– Do widzenia. – Uśmiechnęłam się.

Jonasz znowu zadecydował za mnie, ale w tym momencie, gdy coraz głośniej burczało mi w brzuchu, byłam mu wdzięczna. Zajrzałam do środka. Kanapki przygotowane ze zdrowej żywności, bazujące na warzywach i chudym mięsie. Spałaszowałam dwie i zabrałam się do pracy.

Godziny mijały w błyskawicznym tempie. Z niepokojem spoglądałam na ścienny zegar, bo tyle jeszcze chciałam zrobić przed spotkaniem z Krzysztofem. W duchu byłam zła na siebie, że nie wyznaczyłam późniejszej godziny. Trudno, zapisałam efekty mojej pracy, wzięłam szybki prysznic, ubrałam się, w pośpiechu zrobiłam makijaż. W końcu dla byłego męża nie musiałam się stroić. Wiedziałam, że z domu nie mogę zadzwonić po taksówkę; zrobiłam to dopiero na korytarzu. Na szczęście zjawiła się dość szybko i na miejsce dotarłam punktualnie. Krzysztof już czekał. Pomachał mi z daleka.

– Cześć.

– Cześć. – Wstał od stolika i odsunął mi krzesło. – Chcesz coś zjeść?

– Nie, ale wina się chętnie napiję.

Krzysztof skinął na kelnera i już po chwili stała przed nami butelka białego półwytrawnego wina.

– Nika, co się dzieje? Piszesz do mnie kartki, odgrywamy jakąś scenkę, umawiasz się poza swoim mieszkaniem, a na dodatek twierdzisz, że wszystko jest w porządku. Jakoś ci nie wierzę.

– Więc uwierz. Jesteście bezpieczni, ja także – powiedziałam z naciskiem.

– Sam fakt, że gadamy o kwestiach bezpieczeństwa, jest zatrważający. Po co ta cała maskarada? – Przyglądał mi się uważnie, wymuszając szczerość.

– Jest pewien mały problem. – Westchnęłam. – Jonasz ma alergię na ciebie. Spina się i podejrzewa najgorsze, gdy tylko pada twoje imię – wyznałam prawdę.

– I dlatego nie mogliśmy normalnie porozmawiać u ciebie, tylko spotykamy się jak spiskowcy? Podobno wiedział o naszym spotkaniu.

– Bo wiedział.

– Więc w czym problem?

– Za dużo musiałabym tłumaczyć. Po prostu przyjmij do wiadomości, że jest okej. Nic nie grozi ani tobie, ani mnie. Chciałam ci to przekazać, ale w normalnej, swobodnej rozmowie, a nie mając wrażenie, że ktoś słyszy każde moje słowo.

– To znaczy, że Jonasz w czasie mojej wizyty był u ciebie? Pokręciłam przecząco głową.

– Chyba nie chcesz mi powiedzieć, że zamontował gdzieś podsłuch?! – Krzysiek poczerwieniał na twarzy.

– Mam poważne podejrzenia, że tak – odparłam.

– I ty twierdzisz, że jesteś bezpieczna?! Czy tobie odebrało rozum?! – Próbował opanować swoje wzburzenie, krzycząc szeptem, ale ludzie siedzący obok i tak dziwnie na nas popatrzyli.

– Wiem, że to brzmi idiotycznie, ale uwierz, nic mi nie grozi. Wam też nie. Tylko Jonasz świruje na samą myśl, że się możemy kontaktować za jego plecami. I pewnie wolałby wiedzieć, o czym rozmawiamy. Ale ja nie pozwolę, żeby kontrolował moje życie.

– Obawiam się, że on ma to we krwi. Pewnie kontroluje całe miasto.

– Krzysztof, ubzdurałeś sobie, że Jonasz zajmuje się nie wiadomo czym. Ma legalne hotele i interesy.

– Nie bardzo chce mi się wierzyć w jego uczciwość – mruknął sarkastycznie.

– To już twój problem.

– Ty naprawdę chcesz z nim być?

– Tak, to wspaniały facet.

– Mówiłaś, że go nie kochasz – przypomniał mi Krzysiek.

– Chcę z nim być. Na temat swoich uczuć nie zamierzam tu dyskutować. Poza jego chorobliwą zazdrością nie mam mu nic do zarzucenia, jestem z Jonaszem szczęśliwa. To ci nie wystarcza?

– Wystarcza, choć cię nie rozumiem. Nika, to nie jest normalne zachowanie, nie w twoim wypadku. Zawsze byłaś taka ustatkowana.

– I może popełniłam błąd – wtrąciłam. Nim zdążyłam dodać coś więcej, rozległ się dźwięk komórki. Zerknęłam na wyświetlacz: Jonasz. Odebrałam. – Jestem teraz zajęta. Oddzwonię, gdy już wszystko pozałatwiam. Co? Tak, jestem w domu. Zadzwonię później.

Rozłączyłam się.

– Skąd wiesz, że nie stoi właśnie pod twoimi drzwiami? – spytał Krzysiek. – Zresztą, wcale nie musi stać. Jeśli masz podsłuch w chacie, a jeszcze się nie zorientował, że wyszłaś, w co wątpię, to właśnie się połapał.

Cholera, Krzysiek miał rację.

– Trudno. – Westchnęłam. I wyłączyłam telefon, żeby nam nie przeszkadzał. – Uprzedziłam go, że będę się z tobą spotykać.

– Ale nie uprzedziłaś, że będziesz kłamać – usłyszałam głos Jonasza dobiegający zza moich pleców. – Dla jasności, nie stałem pod drzwiami Moniki, tylko pod drzwiami tej speluny – zwrócił się do Krzysztofa lodowatym tonem. – Jeżeli jeszcze jesteś cały, tylko jej to zawdzięczasz – wycedził przez zęby. – Monia, idziemy – oświadczył kategorycznie.

– Nie skończyłam wina – postawiłam się.

– Jeśli nie chcesz, żeby twojego byłego zabrało stąd pogotowie, to wyjdziesz grzecznie ze mną – szepnął mi prosto do ucha. – Wypijemy wino w domu – rzekł głośno. – Tego, co tu stoi, nie określiłbym szlachetnym mianem wina. Proszę, Moniko, chodźmy już – wysilił się na uprzejmość, choć wiedziałam, że nie prosi, a żąda.

– Chyba faktycznie już czas na mnie – rzuciłam lekko, wstając od stolika. – Gdybyś czegoś potrzebował, wiesz, gdzie mnie znaleźć. – Podałam Krzyśkowi rękę i na uścisku dłoni poprzestaliśmy. Wymiana przyjacielskich pocałunków mogłaby się źle skończyć.

Jonasz przepuścił mnie przodem. Wyobrażałam sobie, jakie targają nim emocje; aż dziwne, że nie wybuchnął, gdy powiedziałam Krzyśkowi, że wie, gdzie mnie znaleźć. Wyszliśmy z kawiarni. Jonasz gwałtownym ruchem otworzył przede mną drzwi auta.

– Wsiadaj i zapnij pasy – warknął gniewnie.

Ruszył z piskiem opon. Wyjechał za miasto. Oboje milczeliśmy, ale w nim aż się gotowało. Ja również z trudem nad sobą panowałam. Zaparkował równie raptownie, jak ruszył.

– Co ty, kurwa, wyprawiasz?! – wrzasnął i wysiadł z samochodu. Ja wolałam pozostać w aucie, choć otworzył drzwi od strony pasażera. – Dlaczego mnie okłamujesz?

– Mogłabym spytać o to samo?! – krzyknęłam. – Gdy ci mówię prawdę, zakładasz mi w domu podsłuch! To jest niby w porządku?! Gdybyś tego nie robił, nie musiałabym cię okłamywać! Nie pozwolę kontrolować się na każdym kroku! Chcę żyć normalnie! – darłam się jak opętana.

– Uprzedzałem, że będziemy mieć cię na oku. Tu chodzi o twoje i o nasze bezpieczeństwo!

– Aha! I to cię tłumaczy! Ciekawe, co jeszcze wymyślisz!

– Ufasz temu palantowi. A skoro mu ufasz, może być groźny. Musieliśmy wiedzieć, o czym będziecie rozmawiać!

– My?

– Tak, my! To polecenie Wasila.

– Które było ci bardzo na rękę!

– Nie wiemy, co ten kutas może zrobić! Obawialiśmy się, że zechce zdobyć twoje zaufanie, by wyciągnąć od ciebie jakieś informacje.

– Po co? To nie jest żaden tajniak, tylko zwykły facet. To mój były mąż, znam go lepiej i dłużej od ciebie. Zranił mnie, ale nadal się spotykamy. Nie musi zdobywać mojego zaufania, bo je ma, do cholery! Zresztą ja nic nie wiem!

– Trochę wiesz! Ten palant mógłby...

– Przestań! Słyszysz? Przestań bredzić! Nie zwykłam rozpowiadać o cudzych sprawach, zwłaszcza gdy obiecałam, że będę milczeć.

– Jesteśmy przezorni i ostrożni – upierał się.

– To trzeba się było trzymać z daleka! Nikt ci nie kazał wciągać mnie w krąg swoich matactw. Ja na pewno o to nie prosiłam! – Jonasz drgnął, jakbym go uderzyła w twarz. Wytoczyłam ciężki argument, z którym nie potrafił polemizować. – A skoro już się zdecydowałeś, to musisz mi zaufać. Nie da się żyć wśród ciągłych podejrzeń! Żądasz, bym się otworzyła, przestała kontrolować, a jednocześnie najchętniej zamknąłbyś mnie pod kluczem! Nie chcę tak! To już lepiej mnie zabij! – wrzasnęłam.

– Nie waż się tak mówić, myśleć nawet! Ufałbym ci, gdybyś mnie kochała!

– Gówno prawda! Wtedy Wasil by coś wymyślił i tak w kółko!

– Nawet dla Wasila miłość to poważny argument.

– Niedoczekanie jego! – krzyknęłam, trzęsąc się ze złości. – Niedoczekanie jego i twoje!

– Monika – znieruchomiał – nie mówisz tego, kurwa, poważnie!

– Mówię. I wreszcie przyjmij to do wiadomości!

– Czyli od samego początku nie miałem szans. Jak ostatni kretyn łudziłem się, że spróbujesz, uwierzysz w nas, postarasz się zaangażować. Ale nie! Kim więc dla ciebie jestem? Zabawką erotyczną?! Zachowywałaś się tak, jakbyś zaczynała mnie kochać. Znowu oszukiwałaś! – Kopnął z całej siły w oponę. – Kurwa! Zazdrosna o mnie pewnie też nie jesteś, co? Skoro nic do mnie nie czujesz?

– Nie jestem! – skłamałam. Boże, przecież go kochałam, sama wreszcie to pojęłam, ale dziś tak okropnie mnie upokorzył. Kazał mi wyjść z kawiarni, grożąc, że zrobi coś Krzyśkowi! Jak miałam tak żyć?

Aż podskoczyłam, gdy trzasnął drzwiami auta. Potem wsiadł i huknął swoimi drzwiczkami.

– Co chcesz zrobić?! – Moja złość mieszała się z rozpaczą. Po policzkach płynęły mi łzy. – Zawieź mnie do domu! – zaszlochałam. Poczułam się do cna wyczerpana. – Chcę jechać do domu.

– Pojedziesz.

EPILOG

Przerażenie sięgnęło zenitu.

– Zwolnij, do cholery, bo nas pozabijasz! – krzyknęłam.

W odpowiedzi tylko dodał gazu. Był wściekły. Wpatrywał się w drogę przed sobą, zaciskając ręce na kierownicy. Usta miał ściągnięte w wąską kreskę, jego żuchwa drżała.

– Obiecałeś odwieźć mnie do domu. Dokąd jedziemy?! – zawołałam zrozpaczona.

Spojrzał na mnie oczami pełnymi gniewu i nic nie odpowiedział. Wkrótce zwolnił, skręcił w boczną drogę, by po paru kilometrach zjechać na przydrożny, słabo oświetlony parking. Początkowo byłam przerażona, ale widok kilku zaparkowanych samochodów dodał mi otuchy. Jonasz zatrzymał się gwałtownie.

– A więc mnie nie kochasz? – zapytał poważnym tonem. Mimo wzburzenia starał się panować nad głosem. – Nie zamierzasz się angażować, tak? Jestem dla ciebie wyłącznie narzędziem seksualnym? I nie jesteś o mnie w ogóle zazdrosna? – cedził słowa.

– Jonasz, porozmawiajmy o tym jutro, na spokojnie. Proszę.

Jedyne, czego pragnęłam, to znaleźć się w domu. Rozpacz odebrała mi siły.

– Wszystko mi już wyjaśniłaś. Skoro ty masz prawo do zabawy, to ja też. Nie byłem na meetingu, od kiedy cię poznałem. Może jednak pora wrócić do dawnych przyzwyczajeń.

Domyśliłam się, o czym mówi, ale nie mogłam uwierzyć, że jest w stanie to zrobić. Wpatrywałam się w niego oszołomiona. Wziął głęboki oddech i ponownie ruszył w głąb parkingu.

– Chcesz się zabawić?

Serce zaczęło mi bić jak oszalałe, bo dopiero w tej chwili dostrzegłam przez okno kilka osób uprawiających seks. Jakiś młody mężczyzna pieprzył dziewczynę leżącą na masce samochodu. Gdy skończył, odsunął się i ustąpił miejsca następnemu w kolejce. Nieopodal zabawiała się druga para. Inni stali z boku i się przyglądali. Wreszcie zrozumiałam, dlaczego wcześniej tak nerwowo przeglądał wiadomości w smartfonie. W ten sposób szukał informacji o tym, gdzie odbywa się jakiś meeting. Komunikowali się przecież za pomocą poczty elektronicznej lub SMS-ów. No i wszystko stało się jasne.

Boże! Przez moją głowę przetoczyła się nawałnica myśli. Wszystko we mnie krzyczało. Nie rób mi tego, Jonasz! Nie rań mnie tak bardzo, do cholery! Nie wytrzymam tego. Moim ciałem zaczęły wstrząsać konwulsje, jakbym dostała jakiegoś ataku. To wszystko było ponad moje siły. Tak bardzo bolało! Emocjonalny ból wypełniał mnie całą...

Jak on mógł mi to zrobić? Kurwa! Jak mam zapomnieć, co się wydarzyło na tym pieprzonym parkingu? Nie, nie wierzę! Jak mam z tym teraz żyć?

– Jonasz! – krzyknęłam. – Kontrolowałeś wszystko! Znałeś każdy mój ruch! I tylko jednej rzeczy nie wiedziałeś! Przecież ja cię kocham! Słyszysz, skurwysynu?! Kocham cię!

Wciąż drżałam. Nie mogłam opanować tego dygotu i wtedy poczułam, że ktoś mnie przytula. Uniosłam ciężkie, opuchnięte od płaczu powieki i napotkałam wpatrzone we mnie zielone oczy. Zastygłam w bezruchu. Jakby świat nagle się zatrzymał.

– Słyszę – szepnął i przytrzymał mnie mocno, bo chciałam się wyrwać. – Ciii...

– Gdzie ja jestem? Miałeś zawieźć mnie do domu. Co się stało?

– Jesteś u siebie w domu – powiedział ciepło. – Mój dom jest twoim domem. Nawet nie wiesz, jak cierpię, widząc, co się z tobą dzieje, ale kiedyś ci powiedziałem, że jeśli będę musiał cię zranić, by obudzić w tobie uczucie, zrobię to...

– Chyba oszalałeś, jeżeli myślisz, że będę z tobą po tym, jak na moich oczach przeleciałeś tę rudą panienkę! – Łzy znów zaczęły mi spływać po policzkach.

– Monika! – W jego oczach dostrzegłam przerażenie. – Monika, kurwa, o czym ty mówisz?! Nigdy w życiu aż tak bym cię nie skrzywdził – dodał drżącym głosem. – I niby jak, skoro zemdlałaś na tym leśnym parkingu?

– A więc jednak tam byliśmy...

– Tak. Pojechaliśmy tam, gdzie ludzie uprawiają dogging – mówił z pozoru spokojnie, ale dolna szczęka mu drżała. – To była ostateczność po tym wszystkim, co powiedziałaś. Tyle razy się kochaliśmy, łagodnie i ostro, ale za każdym razem, patrząc w twoje oczy, widziałem w nich coś więcej niż tylko fizyczną przyjemność. Ufałaś mi, gdy wprowadzałem cię w mój świat. Dlatego nie mogłem uwierzyć, że mówiłaś szczerze, i postanowiłem tobą wstrząsnąć. Chciałem ci pokazać, co kiedyś robiłem, chciałem, byś wyobraziła mnie sobie w różnych sytuacjach, ale nie z tobą, tylko z innymi, i żebyś poczuła zazdrość, której się tak wypierałaś. A ty zemdlałaś! Przeraziłem się i czym prędzej przywiozłem cię do domu.

– A więc to mi się śniło? Wydawało się takie realne...

– To był koszmar. Rzucałaś się w łóżku i krzyczałaś. Skarbie, czuję się jak ostatni skurwiel, że cię tam w ogóle zawiozłem. Jak mogłaś pomyśleć, że posunąłbym się dalej?

– A gdybym nie kłamała? Gdyby okazało się, że nie jestem zazdrosna, bo nic do ciebie nie czuję?

– Wyłbym z rozpaczy jak zranione zwierzę, ale nigdy bym nie odpuścił. – Przytulił mnie jeszcze mocniej. – Nigdy, bo twoje oczy od samego początku mówiły mi coś zupełnie innego niż usta. Monia, wybaczysz mi? To, że doprowadziłem cię do ostateczności, by usłyszeć wyznanie, o którym marzyłem.

– Jonasz – teraz ja zaczęłam się wtulać w niego – ta nasza miłość jest jakaś pokręcona.

– Zupełnie jak nasz seks – szepnął. – Nie bój się, obiecuję, że już nigdy cię nie skrzywdzę. Będę się tobą opiekował, tutaj, w naszym domu. Nie będę ci przeszkadzał w pracy. Nie wejdę do pokoju, póki nie skończysz – przekonywał łagodnym głosem. – No chyba że nie wytrzymam – dodał i spojrzał na mnie, uśmiechając się leciutko. – Zgadzasz się?

– Moglibyśmy spróbować – wyszeptałam. – A co z tą wszechobecną kontrolą?

– Może jest wszechobecna, ale niewidoczna. Dowiadywałaś się o jej istnieniu wtedy, gdy nie trzymałaś się ustaleń. Nie okłamuj mnie, a przyzwyczaisz się nie zauważać, że ktoś nieustająco dba o nasze bezpieczeństwo. I tylko jednego ode mnie nie wymagaj – dodał nieco ostrzejszym tonem. – Nie ma opcji, żebym nie był zazdrosny o tego palanta. Nie potrafię!

Parsknęłam śmiechem.

– Śmiejesz się z tego, że jestem zazdrosny? – Zmarszczył zabawnie nos i przekrzywił głowę.

– Tak!

– Chciałbym ci przypomnieć, że jest po dziewiątej. Masz do wykonania swój plan dnia. Wyślę kogoś po twojego laptopa. A od jutra zajmiemy się urządzaniem ci pokoju do pracy.

– Więc laptopa też możemy przywieźć jutro. – Przeciągnęłam się, prężąc zmysłowo ciało. – Całą noc dręczyły mnie koszmary. Chciałabym dziś zostać w łóżku.

– Niegrzeczna dziewczynka, ale bez słowa sprzeciwu wykonam twoje polecenie – zamruczał mi do ucha. – Kurwa, Mo nika, szaleję na twoim punkcie.

– Wiem. Chciałabym ci coś powiedzieć.

– Tak, maleńka?

– Kocham cię.

Zastygł i patrzył na mnie szeroko otwartymi oczami. Nie przekrzywił po swojemu głowy, nie zmrużył powiek, nawet nie zamrugał. Jakby nie chciał uronić choćby ułamka sekundy z tej chwili, jakby pragnął zapamiętać ją na zawsze.

– Nawet nie wiesz... – powiedział wyraźnie wzruszony – jak bardzo pragnąłem usłyszeć te słowa na jawie. Chcę jak najszybciej znaleźć się w tobie, wypełnić cię, poruszać się w twoim wilgotnym, gorącym wnętrzu, i jeszcze raz to usłyszeć – mówił niskim, chrapliwym głosem.

I stało się tak, jak chciał Jonasz.

To nie jest po prostu romans...

NIEZNAJOMI Z PARKU

Pytaj w księgarniach

Miłość od nienawiści dzieli tylko krok...

On jest bogaty, doświadczony, nieufny. Ona – wrażliwa, introwertyczna, pełna kompleksów. Oboje niosą bagaż trudnego dzieciństwa. Po raz pierwszy spotkali się w parku. Wtedy też po raz pierwszy od niego uciekła...

Zafascynował ją i przeraził jednocześnie. Zawsze bała się takich mężczyzn: silnych, pewnych siebie do granic arogancji, mrocznych i skomplikowanych. Był zły i przestraszył ją, ale nie mogła o nim zapomnieć. Irracjonalny lęk, jaki w niej wzbudził, przekonał ją, jak pozorny był jej spokój i ćwiczone całymi latami opanowanie. Bezpieczeństwo, którego szukała w swoim cichym, uporządkowanym świecie, okazało się złudne i kruche...

„Nieznajomi z parku" Joanny Łukowskiej to w równym stopniu opowieść o miłości, jak i o nienawiści. To historia mężczyzny, który nie potrafi ufać, i kobiety, która nie umie walczyć o to, w co wierzy.